# 집으로

약초처럼

# 집으로

약초처럼 캐낸 세상사(世上事) 이야기들

이부용 지음

좋은땅

# 일웅도에서

이부용

저기 낙동강물이 흐른다
추억은
강가의 꽃봉오리 되어 새색시 젖꼭지처럼
퉁퉁 불어 있다
물빛으로 갈대밭 사랑을 물들이다가 지웠다가
자꾸만 매만지는 시간의 토막들 사이
일웅도(日雄島) 모래밭 하이얀 파꽃이 다시 일어서고
태화고무 신발공장 순이들 지어준 갈매기 이름
흰 까마구들
하구언 지나 자유의 날개 저어 온다
돛배 찾아왔던 그날 그 소녀의 마음
은빛 물결로 인다
겨울 끝 갈대들의 속삭이는 모래톱 이야기 섞여
한 송이 저녁노을로 꽃필 때
조용히 눈을 뜨는 저 도시의 불빛들

*생명의 젖줄, 그 야생의 세계*
*〈낙동강하구〉의 초대시*

〈집으로〉는 실체적 집이기도 하나 이 언어의 껍질을 한 겹 벗기면, 인간성의 고귀한 본질로 되돌아가자는 함축성이 숨어 있는 것이다. 은혜를 저버리지 않는 인간의 도리, 그 인간의 집으로 찾아가는 길을 내팽개치지 않도록 하라는 말씀이 하늘에서 들려온다. 은혜의 보답을 넘어서, 인간으로 태어나서 인간답게 살아가는 처신이야말로 졸시拙詩 〈집으로〉의 사과밭 중고 꼬마 화물차가 일러 주는 교훈, 아이러니한 찔림으로 와닿기 때문이다.

# 집으로

이부용

폐차 직전의 단종 꼬마 화물차 한 대를
친구로부터 받았다. 사탄과 같은 이 낡은
중고차를 왜 샀느냐며 나의 우둔함을
저울질하는 말들이 잡초처럼 무성하지만
착하디착한 라보의 마음 한 페이지를
몰래 들여다본다.

이 손에서 저 손으로 팔려 다니면서 일한 만큼 주는 밥이 거저 고마울 뿐이었어요 스쳐 가는 시간에 할퀴어 온 몸이 해어진 나를 그가 행복의 집으로 데리고 왔어요 그러나 죄 없이 고난받았던 예수처럼 가슴에 못 박는 말의 핍박을 사람들로부터 받았어요 늙은 나를 버리지 않으면 모든 것을 잃게 되리라는 종말론의 못이었어요 아무도 원망하지 않았지만 잔인한 대못을 슬퍼하지 말라는 그의 뜻대로 살아가고 있어요 한 번도 그의 명령을 불평하거나 거역한 적이 없어요 아픈 대못에 드리운 잡념의 거미줄을 걷어 내고 이제는 빨간 사랑의 시를 가꾸는 사과밭 비탈에서 죄의 짐 아닌 행복의 짐 나르는 일이 즐거운 일상이 되었어요 그는 불을 훔친 죄로 바위에 묶인 프로메테우스 생각에 잠겨 있어요 문명의 밧줄에 매여 소달구지 소리 늘 그리워하는 그를 위하여 오늘도 시심 묻은 그의 농자재를 싣고 덜컹거리며 시골길을 뛰어가고 있어요 사랑이 익어가는 달콤한 시 한 알 한 알 가꾸는 내 아버지의 믿음으로 가고 있어요

# 목차

# 1천 원짜리 행복의 진실 게임

창원시 반림동 농협 입구에 내보다 나이가 적은 듯하지만 그래도 할머니 축에 끼이는 겉모습의 여자 한 사람이 연신 싱글벙글 웃는다. 판매 좌판도 없다. 거저 맨 땅에 놓은 검은 비닐봉지 속의 채소류 상추와 정구지 한 무더기씩 끄집어내어 파는 1천 원짜리의 재미와 행복감이다. 아내와 약속 시간을 기다리며 옆의 벤치에 앉아 눈이 뚫어지게 그녀를 바라보는 나도 그녀가 누리는 행복감을 함께 가진다.

순간 그 행복을 도려내는 이상한 일이 벌어진다. 상추를 사서 잠시 맡기고 간 아낙네가 한참이나 나타나지 않자 할머니는 그 아낙이 맡겨 둔 검은 비닐봉지 속의 상추를 얼마간 덜어내어 자기 상추 무더기에 보탠다. 매우 소량이지만 그래도 도둑의 속성이다. 그러나 이 도둑의 속성을 그녀의 순박한 애교로 지워 버리려는 나는 공범이 되어 한참 더 즐거워하다가 그 할머니의 행복에 취한 내가 다가간다. 그 1천 원짜리의 행복을 글로 남기고 싶었던 것이다.

"오늘 얼마나 파셨어요?"라는 질문에 비수 같은 화살이 날라 온다. "와요, 이런 거 팔고 있으이 하찮게 보여요?" 그 비수 같은 화살이 나의 순수의 한쪽에 머무는 착각에 정확히 명중하였다. 오래토록 움켜쥐고 싶었던 행복감이 허무하게 도망쳐 버렸다. 참 얄궂은 허무 한 조각이 남아 빙빙 겉돌고 있다. 그 1천 원짜리의 행복을 도둑질한 꼴이 된 나에 대하여, 할머니가 받아들이는 나의 망동 망언에 대한 매질이 모질고 아프다.

그러나 미워하거나 비하하는 감정 대신 할머니의 삶에 대한 애착의 여운이 허공의 흔적으로 묻어 있었다. 그 상추를 산 사람이 자기의 일 보고 돌아와서 설령 상추의 일부가 줄어든 사실을 눈치 채고도 모른 척하고 그곳을 떠나리라는 생각이 머물고 있는 것이다.

# 응답에 더하여 주는 한 송이 미소

마음씨 고운 박 씨로부터 얻은 소똥을 라보 중고차에 가득 싣고 신나게 달려 내 가꾸는 시몽원 사과밭에 부려 놓고 오던 참이다. 미원면 제일 약국 앞 마켓에서 우유 한 팩을 사 들고 집으로 가기 위해 막 계산대를 떠나려 한다. "아저씨!" 약간은 앙칼진 목소리가 귀를 잡아댕긴다. 움찔하며 뒤로 돌아본다. "소똥 아니에요?" 그녀의 시선에 옭아 매인 듯 내 눈길이 마켓 통로 바닥으로 끌려간다. 내 본색의 발자취가 질서정연하고 선명하게 프린트되어 있었다. 내 본색 무엇일까? '똥' 하면 질색을 하며 피하기 일쑤이던 내가 그 소똥 냄새가 깨소금처럼 고소하게 삶의 골짜기로 파고들기 시작한 색깔이다. 별 할 일이 없는 사람이 받아들인 변화이었다. 시골 외딴 산자락에서 사과를 가꾸기 위해 소똥의 가치를 어루만지기 시작했기 때문이다. 그것이 내 삶의 질서로 굳어져 가고 있는 것이다. 이런 나의 본색을 마켓 그 반질반질 닦아 놓은 통로 바닥에 엉뚱하게 드러내고 말았으니 똥을 경멸하는 보편적 인간의 질서와 충돌할 수밖에 없다. 사건의 수습을 해야 하는 나의 입에서 금방 튀어나오는 말은 "죄송합니다. 소똥이 신발에 묻어 있는지 몰랐습니다. 밀대 없습니까. 제가 닦아 드릴게요." 이외로 그녀의 화답은 "아니에요, 괜찮습니다."에 꽂아 주는 한 송이 미소였다.

그 미소 한 송이 들고 똥 칠갑인 중고 라보 차를 몰고 집으로 오는 도 중에 뱃속에 똥을 안고 지내는, 그야말로 똥과 더불어 평생을 살아가 는 인간들로부터 괄시당하고 천대받는 똥에 대한 생각을 잠시 해 본 다. "똥 묻은 개가 겨 묻은 개보고 나무란다."라는 말은 남을 비방하고 헐뜯는 인간의 추악함과 더러움을 꼬집는 뼈아픈 말이다. 우리 속담에 등장하는 이 똥은 물론 사람의 똥이다. 소똥과 사람의 똥, 일종의 비교 담론이랄까. 소똥을 어루만지는 나의 편견이랄까. 만약 그 마켓 바닥 에 사람의 똥을 발자국으로 그렇게 길게 삥 둘러 묻혀 놓았다면 한 송 이 미소를 증정 받는 일은 매우 불가능했을 것이다. 자기 자신의 똥인 사람의 똥을 소똥보다 더 싫어하는 심리 저변에 깔려 있는 자기 인식 의 현상이 나타날 것이다.

소는 소처럼 묵묵히 일하며 인간의 기준으로 보기에 너무도 초라한 그러나 순박한 거저 복종의 대가로 얻어지는 숙식만을 인간으로부터 제공받고 살아가다가 도살장 입구에서 마지막 생을 절규하며 죽음의 공포에 몸부림친다. 잔인한 인간이 저지르는 만행이다. 사람들은 그 만행을 먹고 자기 생을 즐긴다. 그래도 소는 인간에 대해 험담 한 번 하는가. 소도둑 역시 인간의 도둑이지 소가 도둑질하지 않는다. 누구 를 시기, 질투하는가. 시기, 질투하는 일이 없다. 온갖 인간의 죄악을 흉내조차 내 본 적이 없는 그를 어리석은 존재로 인간의 죄를 합리화 시키고 있지만 그 역시 인간 오만의 사고일 뿐이다. 이토록 순박한 소 의 똥에는 죄와 악이 묻어 있지 않지만 사람의 똥에는 은닉해 둔 온갖 죄와 악의 냄새가 묻어 있으므로 인간이 인간의 똥을 더 피하고 싶어 하는 자기 기피증으로 보인다. 마켓 아주머니의 그 관대한 미소도 소의 우직함과 순박함과 마켓에서 팔고 있는 빨간 사과 열매를 맺는 데 보태는 충성심의 순간적인 상상에서 피어나는 한 송이 그 꽃이 아니겠는가.

아무렇든 사람들이 싫어하는 똥 이야기로 똥 칠갑을 해 놓아 다소 미안하기도 하지만 어제도 오늘도 알게 모르게 정죄하면서 은연중에 사람 똥은 네 똥 내 똥 가릴 것 없이 싫어하고 피하는 이율배반을 계속 저지르고 있는 나이다. 그러나 사람의 똥일지라도 예외가 있다 태어난 지 5개월째인 외손녀를 집에서 키우고 있었다. 맞벌이하는 딸과 사위를 위한 우리 내외의 희생과 사랑 묶음이다. 하루에 몇 번이고 기저귀에 묻어나는 애기의 똥은 마냥 향긋하고 귀엽기만 했다.

# 만발한 복숭아꽃들

유구읍 연종리 솔숲에 자리하고 있는 우리 집 옆에는 넓은 복숭아밭 하나가 있다. 처음에 내가 귀촌하면서 이곳에 집을 지을 때는 그저 복숭아밭이라는, 맛있는 과일을 생산하는 밭의 일반적인 개념으로 스쳐 갔을 뿐이다. 불행 속에서 행복이 자라고 행복의 즐거움 속에서 불행과 슬픔이 싹터 온 우리 삶의 많은 경험에도, 그 일반적인 삶에서 발아되는 긍정과 부정의 양면성을 깨닫지 못하고 시간을 보내고 있었다.

복숭아나무는 키워 주는 주인에게 보답하기 위해서 병들지 않고 건강하게 자라서 맛있고 큰 과일을 만들어 내는 의무를 스스로 생각하는 것 같다. 그러나 인간은 자기 아이가 고통 받고 자라는 것을 원치 않는 것처럼 복숭아나무를 키우지는 않는다. 농약을 뿌려 나무가 느낄 수 있는 고통이나, 가지치기를 해 뼈와 살을 도려내는 아픔까지도 무관심이며 개의치 않는다. 나무는 결코 저항하거나 증오심을 품지 않는다. 묵묵히 아픔을 참아 낸다. 언젠가 이 아픔이 스스로는 물론 인간의 기쁨과 행복을 가꾸어 낸다는 진리를 꼭 껴안고 인내하고 있다는 듯 침묵하고 있었다. 물론 자연스럽고 당연한 말로 들릴지 모르나 그러나 인간에게 묻어 있는 자기 이익이라는 향일성을 엿볼 수 있는 인간과, 인간이 가꾸는 복숭아나무의 관계 설정에서, 나는 세상 살아가면서 이 인간의 자기중심적인 보편적인 생각이 지니는 오류를, 복숭아밭의 생태를 지켜보면서 내가 체험하고 깨닫는 것이다.

고통받던 복숭아나무들이 봄이 무르익자 꽃의 함박웃음을 터뜨리고 숲속에 살아가는 적적한 나를 껴안으며 즐거움을 베푸는 것이다. 그러나 이웃의 농부가 농약을 마구 뿜어대며 극히 일부이지만 나의 집으로 잠시 날아들 때 느끼는 불편함은 물론 배타심이 끓어오르기도 하였다. 나무가 불편과 고통을 참아 내면 나중의 즐거운 행복으로 보상해 준다는 그 가르침을 깨닫지 못한 내 중심의 편협한 사고를 스스로 더듬어 보면서 활짝 핀 복숭아꽃의 꽃 바다를 바라보는 나의 마음은 잡념의 티 하나 없는 행복감에 젖는 지금이다. 그 즐거움을 꽃피우기 위한 농약의 살포에 드리운 불편과 불안은 잠시일 뿐이고 비록 농부가 우리 집 가까이에서 농약을 뿌릴 때에 조심하는 모습을 보이지 않더라도, 피해가 미미할 뿐 큰 문젯거리가 생기지 않는다는 것을 말해 준다. 복숭아꽃의 웃음 만발한 지금처럼 훨씬 더 큰 위안과 마음으로 와닿는 삶의 가치를 베풀어 주기에, 앞서 부딪치던 조그만 피해를 필요 이상으로 미워하지 말았어야만 했다.

아무 조건 없이 나의 마음에 꽃을 피게 해 준 농부에게 오히려 고마운 마음을 가지면서 우리 인간사에 부딪치는 모든 불행과 고통을 증오의 과녁으로만 겨누지 말 것을 내 자신과 약속한다. 조금 지나면 복숭아꽃들의 저 함박웃음 뒤에 맛있고 굵은 복숭아들이 주렁주렁 매달릴 것이다. 복숭아나무가 자신을 키워 주는 주인의 은혜에 보답하는 것 아니겠는가. 복숭아나무가 인간의 짓궂은 행위를 참아 가면서 꽃 피우고 웃으며 마침내 맛있는 착한 이 복숭아를 만들어 주어, 인간을 위하는 마음 변치 않듯이 우리는 세상만사에 약간의 고통과 불이익이 와닿더라도 참을성을 가지고 양보하며 남을 배려하고 위한다면 우리 사회는 복숭아밭의 복숭아꽃들처럼 건강한 웃음꽃이 피어나리라. 사소한 이견과 갈등으로 이웃과 벽을 쌓고 지내는 안타까운 경우가 많은 요즈음이다. 복숭아밭이 고운 인성을 발아시키는 텃밭의 의미를 던져 주고 있다.

커카 넘볼 수 없는
우리끼리의 행복
낮은 곳에 머무는 행복의 빛깔

# 먹빛 몽돌밭 구조라 바닷가

중학교 동창 부산 지역 친구들의 가을 소풍놀이는 거제도 구조라 해수욕장의 몽돌밭 먹빛 몽돌들처럼 그 의미가 깊었다. 오지 않는 옛 추억이 다시 돌아오기를 기다리는 것같이 먼 바다를 향해 앉아 있는 동창들의 뒷모습을 바라보는 나의 엉뚱한 분노와 억울함과 아픔을 어루만지면서 아일랜드 극작가 사뮤엘 베케트의 작품 《고도를 기다리며》를 생각한다. 고도는 이 세상에 존재하지 않는다. 그러나 우리의 추억은 분명히 존재하고 있었지만 그 추억 속의 현실은 멀어져 버렸으며 아득히 멀리서 손짓하고 있을 뿐이다. 잔인하다. 한 발치도 되돌아오는 것을 허락하지 않는다. 너와 나는 그 찬란했던 젊음의 꿈과 사랑과 용기와 욕망의 불꽃이 삭은 재처럼 싸늘하게 식어 있지나 않는가.

나는 이상한 환상에 젖는다. 젊은 시절 바닷가의 모래밭에 익숙해서 그곳이 우리의 낭만이었는데 그곳에 우리의 피를 끓어 넘치게 했던 사랑이 있었다. 나이 칠십의 언덕에 오른 우리 동창들의 이번 가을 소풍놀이를 하필이면 검게 타 버린, 닳아서 정체성을 잃어버린 저 먹빛 몽돌들이 엉뚱하게도 마치 불꽃 식은 재가 엉켜 굳어진 돌처럼 모여 널려 있는 듯한 구조라 해수욕장을 왜 택했을까. 잠시 울적한 사념에 빠져든다. 아마도 바닷가와 먹빛 몽돌들이 있는 곳, 본능적인 방향 감각이었을 것이다. 고독의 나침판 바늘이 가리키는 나 아닌 나를 찾아가는 맞춤 여행을 선호했던 것일까. 마치 약속이나 한 듯이 우리는 바닷가 몽돌밭에 삼삼오오 모여 앉아 옛 생각에 손을 잡아 있었던 것이다. 친구들이여, 파도 소리에 이리 깎이고 저리 깎이어 말끔하고 단단히 뭉쳐 그리고 바닷가의 적막함에 몸을 기댄 몽돌을 우린 저 태양처럼 사랑하라 한다. 세파에 한없이 닳아 모나지 않는 우리 그것이 우리의 정체성이라면 정체성일까.

오, 친구여, 우린 몽돌처럼 바닷가에 나앉아 그것으로 이제 초연히 빛나자. 과거가 타 버린 그리고 세파에 닳고 닳은 그러나 자식들 사랑을 위해 이겨 낸 우리 모두 이심전심으로 소통하는 목소리가 후일담처럼 들려온다. 시간의 언덕 위에 서 있는 산전수전 다 겪은 흔적의 흰 머리카락들은 삶의 꽃밭 이루어 놓은 하이얀 추억이리라. 때 한 점 묻지 않아 구절초 흰 꽃 마음 그날의 단발머리 소녀들이여, 까까머리 소년들이여 이 세상 살아오며 어둠을 태워 가족 사랑을 밝혀 온 횃불 한 손에 들고 느슨해졌던 우정의 손을 우리 다시 잡는다. 오, 힘들었던 세상 고난 파헤쳐 눈물로 캐낸 행복이 이제 가슴 한가득 채워 주고 있으니 남은 시간의 짧은 내리막길에서 자식들이 고마워하는 이 칠십 나이의 한 생애, 그 아름답고 향기 그윽한 그 꽃다발 하나를 세상 창밖에 걸어 놓았다고 천천히 걸으며 이야기하자. 천천히 함께 걸으며 이야기하자.

# 생각을 펼쳐 주는 산책길

공주시 유구읍의 유구천을 나는 유구천강이라고 부른다. 그저 시냇물이라 부르기엔, 짙푸른 물의 흐름과 은근하고 묘한 맛으로 펼쳐지는 강의 매력을 폄하시키는 미안함이 스며들기 때문이다. 유구천 강변길을 따라 가끔 산책을 즐긴다. 파리의 세느강처럼 도시의 한 가운데로 방자하게 흐르는 것이 아니라 유구읍 중심을 살짝 비켜 못난 듯하면서 겸손한 자세로 그래서 평화롭게 흐르는 물 빛깔의 산뜻한 맛깔도 산책을 이끌어 내지만 해질녘 저 멀리 서산 위에 깔리는 노을이 더 한층 단맛을 우려낸다. 강물 위에 몸을 맡기고 유유히 떠 있는 물오리 몇 마리의 평화는 강의 풍경 그 대미를 장식하고 있다. 요즈음은 이 평화와 여유를 사랑하는 오색 수국들이 강 위쪽의 강변을 수놓아 은은한 향기를 내뿜으며 멋의 운치를 더해 주고 있다.

유구천강을 찾을 때마다 물은 멈추어 있는 듯 조용히 흐른다. 물은 투명성의 본질이지만 악의 없는 색깔의 거짓을 띠기도 한다. 순수한 그 거짓이 인간의 눈을 현혹하며 물이 이룬 푸른 강은 나의 눈빛을 침몰시킨다. 이 강물과 강변의 풍광에 이끌린 바람도 여기저기서 스스로 아름다움에 동참하고 있다는 신호를 보내고 있다. 띄엄띄엄 보이는 부들과 갈대들이 바람에 흔들리고 있는 것이다. 바람을 사랑하고 바람을 믿는 모습이다. 보이지 않으면서 존재하는 신神, 내가 신이라 부르는 바람은 거짓을 몸에 걸치고 다니지 않는다. 뼈가 없는 것은 물과 똑같지만 뼈가 없어도 뼈보다 더 강한 진실 하나가 있다. 그 어떤 색깔도 허락하지 않는다는 것이다. 물처럼 인간처럼 색깔을 띠고 접근하거나 흉내 내거나 모방하지도 않는다. 남의 색깔을 미워하지도 않는다. 그런 바람의 신이 유구천 강변 수국들 가까이 또는 저만치 떨어져 있는 부들과 갈대들에게 자유를 풀어놓는다. 부들과 갈대라는 존재 자체가 자유이기 보다는 무욕의 자유를 펼치면서 우리의 마음의 자유를 길들이고 있다. 바람결에 한들거리는 그 자유는 남을 해치는 자유가 아니라 남을 사랑하는 자유를 말해 주고 있다.

그러나 때로는 이 착한 바람이 분노하여 바닷물을 뒤집고 도시를 짓밟는 저주를 분출하기도 한다. 끝없는 자유는 방종을 일으킬 수 있다는 가능성에 경종을 울리는 몸짓일지 모른다. 인간이면서 신이신 예수께서도 상을 뒤엎으며 화를 내셨다는 성경 구절을 떠올린다. "노끈으로 채찍을 만드사 양이나 소를 다 성전에서 내쫓으시고 돈 바꾸는 사람들의 돈을 쏟으시며 상을 엎으시며"(요한복음 2장 15절) 이처럼 물욕과 방종과 불의에 대한 분노는 성스럽고 경건함의 채색임을 증언하고 있다. 그러나 순박하고 아늑한 유구천강을 찾아드는 바람의 신은 화낼 이유가 하나도 없다는 것이다. 비록 다른 곳에서 화가 나 이곳을 지나갈지라도 바람은 화난 마음을 감추고 지나간다고, 눈여겨본 강물이 귀띔해 주는 것 같다.

불륜을 저지르는 자를 두고 '바람이 났다.'라는 말을 흔히 쓴다. 원인 행위가 엿보일 때 '바람기가 있다.'라고 에둘러댄다. 자유의 색깔, 욕망과 탐욕을 향한 자유는 세상 질서를 헝클고 정의를 더럽힐 수밖에 없다. 하지만 '갈대의 순정'이라는 짙은 사랑의 노래가 있듯이 이것을 들려주게 하는 다정다감한 바람의 신에 대하여 불경일 수 있는 이 말들은 다소 부적절한 표현이라 나는 생각한다. 유구천강을 사랑하는 바람의 가르침과 부드러운 정감에 마음의 귀 기울여, 강변 부들이나 갈대들이 누리는 무욕의 자유를 공유하는 이 시간은 신의 은총처럼 느껴진다. 저들 무욕의 자유를 사랑하는 인간에게 어찌 저주가 다가오겠는가. 보이지 않는 바람의 신이 지금 이 시간에도 부들과 갈대들을 어루만지고 있다. 나는 저들이 가벼운 몸을 한들거리며 누리는 무욕의 자유를 바라보며 빠져들고 있는 것이다. 이런 바람의 신이 유구천강의 잔잔한 물결을 일으키며 수국색동정원의 분위기를 더 한층 북돋운다. 강변을 거닐면서 유구천 강변과 그 수국색동정원에 대한 정리된 나의 생각을 잠시 다시 떠올린다. "유구천 허리 감아 돌아 떼 지어 모인 수국들. 다정다감한 미소 듬뿍 머금어 사랑의 눈빛으로 흐르는 유구천은 지금 수국들이 듣고 싶은 '유구천강'이라 불러 달라 한다. 캠강보다 더 아름다운 모습의 저 강물은 찾는 이의 가슴속으로 잔잔히 흐르고 수국색동정원 거니는 오솔길 하나 길게 열어 주어 짙은 정 묻은 시간을 바람이 매만지고 지나간다."

이처럼 자연이 베푸는 유구천강의 멋과 감칠맛의 은전을 소중히 받아들여 주었기에 수국을 사랑하려는 많은 사람들의 호기심을 불러일으키고 있다. 온유하고 잔잔한 바람이 오늘 유구천 강물은 물론 미소 머금은 수국들을 유달리 쓰다듬고 있다. 강변 부들잎들은 몸을 흔들며 수국들을 바라보고 있다. 잔잔한 바람이, 이 수국들이 펼치는 축제를 응원하고 있는 것이다.

지난해의 기억이다. 많은 사람들의 수국 사랑을 시샘하는 듯, 아니면 수국색동정원의 즐거움을 되새기려는 듯 유구천 강변 한 부분을 차지하고 있는 핑크뮬리 꽃들이 마치 분홍색 비단을 펼쳐 놓은 듯한 아름다움의 장관을 이루고 있었다. 무색의 물이 푸르게 보이는 강물의 아름다운 거짓처럼 이런 아름다운 시샘도 있다는 것을 자연으로부터 배우며 삶의 한쪽에 종말의 허무가 올지라도 또 한쪽에는 새로운 즐거움이 꽃핀다는 자연의 역설을 깨달으며, 사람들은 그들을 찾아 함께한 추억을 벗 삼으려 사진을 찍는 기쁨에 젖기도 하였다. 핑크뮬리 꽃들은 지금 강변 분위기를 살펴보며 기다림의 가치를 일러 주려는 듯 아직 지난해의 눈빛 사로잡는 그 본모습을 잘 드러내지 않고 있다. 유구천강을 말없이 찾는 바람이, 옆으로 흐르는 강물이 더 돋보이게 즐거움을 더해 줄 핑크뮬리 꽃나무들의 개화를 은근히 재촉하고 있는 듯 핑크뮬리 꽃나무들이 가볍게 한들거리고 있다.

산책을 마무리할 때쯤 유구천강을 돋보이게 하는 또 하나의 모습이 시야에 들어온다. 거대한 인간 기술의 다리가 아니라 강물을 가로지르는, 자연석 그대로의 고만고만한 크기의 돌들로 놓인 징검다리이다.

사람들이 강을 건너가도록 배려하는 부동의 의지 같은 징검다리의 모습은, 삶이 때 묻지 않고 순박하고 남을 위하는 마음을 가지며 살아가던 옛 시골의 추억을 되살려 주고 있을 뿐만 아니라 주변에 정겹게 펼쳐지는 풍광 전체가, 복잡한 문명 생활의 따분함을 잠시 씻어 보려는 사람들의 마음을 안아 주는 묘한 흡인력을 지니고 있는 것이다.

유구천강 산책길은 찾는 사람 누구이든 차별하지 아니하며 자연을 아끼고 사랑하기만 하면 그 마음속으로 열려 있다. 자유가 한들거리며 푸른 하늘과 강을 중심으로 운치 있는 멋이 빚어내는 예술적 느낌은 물론, 서로 조화를 이룰 때 얻어지는 평화를 마음에 안겨 준다. 소리도 없고 보이지도 않는 바람의 신이 즐기는 강변 분위기 속에, 산책이 단지 몸의 건강뿐만 아니라 내 영혼의 건강을 더해 주고 있다는 신앙 같은 믿음을 가진다. 즐거움을 주는 자연이라는 생각을 넘어 자연의 엄숙한 진실의 가르침들에 눈을 뜨고 수국처럼 오색의 생각을 펼쳐 주는 이 길을 걸어가고 있다.

아름다움으로 치장한 자연의 화음

# 환상으로의 초대

세상 살아가는 것이 덧없고, 허무하다는 말을 자주 듣는다. 세상을 살 만큼 살아왔고 세상을 어지간히 아는 사람들의 말이다. 필자 역시 예외는 아니다. 금방 끝나 버리는 듯해 보이는 삶과 그 왜소함의 체감 때문일 것이다. 웅덩이에 고여 있는 물은 썩어 가기 마련이므로 그 안의 물고기가 생명을 유지하기 위해서는 물의 흐름이 요구되듯이 허무에 빠진 사람들이 현실세계에 제한된 고정관념의 웅덩이에 계속 머물고 있을 때 삶에 파고드는 허무의 병을 감당하기 어렵다. 필자는 이 아침에 나 자신은 물론 이들을 위한 다소 엉뚱한 제안을 해 본다. 풍요로운 환상으로 삶의 폭을 확장시킴으로써 허무를 치유하자는 것이다. 스페인 극작가 칼데론은 "세상이라는 무대 위에서 인간이 수행하는 역할 연기와 모든 세상사는 단지 신의 눈 밑에서만 의미를 지니게 된다."고 말한다. 신이 인간의 삶을 지배하고 운명의 끈을 쥐고 있다는 견해이다. 교회에 가면 이 운명의 끈에 구속되고자 모여든 사람들의 머리가 수많은 무덤을 이룬다. 인간이 가지는 잡다한 오만을 죽여서 신의 은총으로 거듭나려는 믿음이 호수처럼 고요하다. 그래서 영원히 산다는 희망을 갖는다. 그러나 적어도 현실 세계에 머물 때 신의 이런 약속이 비록 없을지라도, 불안해하거나 우울한 안개의 장막을 걷어 내는 실존적 대안을 떠올린다. 환상이다.

인간의 육신은 일정한 모습으로 묶여 있지만 무한한 사고의 자유에서 가지는 환상이 육체의 유한성을 극복하게 하는 인간의 조건으로 주어져 있다는 것 자체가 행복의 날개를 달고 있다고 할까. 환상의 엉뚱함 속에 새로운 발견을 이끌어 내는 진리가 숨어 있다. 달걀을 세울 수 없다는 고정관념에 매여 있는 사람들 앞에서 달걀의 밑부분을 깨뜨려 바로 세우는 엉뚱함을 연출한 콜럼버스의 일화는 너무나 유명하다. 달걀은 절대로 바로 세울 수 없다는 고정관념을 깨뜨린 발상의 전환이 가져다주는 놀라운 사실이었다. 오늘날 거대한 문명은 물론 위대한 예술 또한 바로 이 환상의 본질인 발상의 전환으로 이끌어 낸 결과라고 생각한다. 모든 예술이 미학을 창출하듯이 특히 시는 엉뚱한 생각으로 엉뚱한 언어들을 조립하여 흔히 말하는 '낯익은 것을 낯설게 함'으로써 환상적 미학을 낳는다.

미당 서정주는 밤하늘에 뜬 초승달을 보고 지은 그의 시 〈동천〉에서 "임의 고운 눈썹을 즈믄 밤의 꿈으로 맑게 씻어서 하늘에 걸어 놓았다"고 했으며 T.S. 엘리엇은 그의 시 〈황무지〉에서 병든 문명의 거리를 "노란 안개의 거리"로 둔갑시킨 것, 이 모두가 다 엉뚱한 환상에서 이끌어 낸 시를 통해 독자에게 카타르시스를 제공하고 있는 것이다. 우리의 살아가는 마음이 뻥 뚫린 허무의 병을 물질적인 풍요라는 항생제가 해결하지 못한다. 타인이 엉뚱하게 끌어낸 환상을 음미하거나 스스로의 환상적 태도를 통해 자가 치료를 실행해 보자.

우리는 짧은 인생을 한탄할 필요도 없으며 새처럼 하늘을 날 수 없다고 불만족해하거나 우울해할 필요가 없다. 제한된 인식의 범주 내에 머물고 있어서는 우울함이 늘 스며든다. 이제 그 우울함을 닦아 내자. 환상의 날개를 펴고 날아 현실 세계의 영역을 확장시킴으로써 신비의 세계에 도달할 수 있는 가능성을 늘 찾자. 가령 길을 걷다가 발이 돌에 차일 때 아프다는 느낌만으로 지나쳐 버리지 말고 '이놈, 나를 사랑하는 모양이지?'라고 돌에게 농을 던짐으로써 비로소 돌이 싱긋이 미소 짓는 새로운 세계의 기쁨을 만날 것이다. 시공을 무궁무진하게 확장시키는 구원이 시작되는 것이다. 마침내 죽음 자체도 현실 세계의 확장으로 연결되는 것이다. /경남신문 칼럼

# 어머니 마전댁

　어머니라는 이 말 한마디는 태산보다 높고 바다보다 더 넓은 거대한 과거였고 또 현실이기도 하다. 이 세상 어머니로 살아오면서 그 성역의 성을 지키며 누구의 말처럼 "자식을 위하여서는 날 선 작두 위에도 오르고 자식의 두 발 밑에 깔려 죽어도 좋다고 생각하고 돌멩이도 이빨로 툭 자를 수 있는 사람, 바로 신의 이름 그것이다." 동서고금을 막론하고 이 어머니의 무조건의 무한 사랑은 그 울림이 가슴을 뒤흔들게 한다. 고려장이라는 말을 우리는 많이 들어 잘 알고 있다. 늙고 병들거나 허약해진 부모를 흙구덩이 속에 파묻어 죽게 한 고려 시대의 악습으로 오랜 세월 전해져 내려오고 있다. 늙은 어머니를 고려장하기 위해 지게에 지고 산으로 오르는 아들이 되돌아올 때 길 잃어버리지 않도록 모르게 계속 커다란 잎을 따서 던져 놓았다는 어머니의 이야기는 우리의 가슴을 뭉클하게 짓누른다.

　오늘을 살아가는 어머니들 앞에 옷깃을 여미는 마음으로 아마 대동소이한 어머니로서의 삶을 살아오신 오늘의 어머니들 함께, 가슴 아프지만 위대했던 내 어머니, 이 세상 살다 간 흔적을 다시 생각한다. 손위 누나가 어릴 때 장작 숯 화롯불에 다리의 허벅지를 송두리째 데어 당시만 해도 의술이 발달하지 못한데다가 없는 가정에 병원에서의 수

술은 엄두도 못 내어 자가 치료를 할 수밖에 없었다. 생전의 어머니 말씀대로라면 화상 치료에 좋다는 약재가 있다는 한약방을 찾아 누나를 데리고 버스를 타고 전라도로 충청도로 이름난 곳 다 찾아다니셨다. 상처가 아물지 않아 마침 한 한약방의 처방을 받아 내 기억으로는 불에 덴 부위를 밀가루 반죽으로 작은 공간을 만들고 초를 녹여 부어 밤마다 촛불 심지를 담가 불을 켰다. 그리고 고름을 빨아올리는 방법으로 오랜 기간을 고생하시어 그 큰 상처가 아무는 효과를 보는 과정을 내 어릴 때 지켜보기도 했다. 어머니의 무한 사랑이 치료의 소독제이었고 불효의 반창고이었다.

나의 고향 상리면에서 험산 하나 넘어가면 하일면이라는 바닷가 어촌이 있다. 그 산 고갯길이 우리 가족을 먹여 살리는 고마우면서도 야속한 길이 된다. 그 가파른 길을 넘어 이고 온 갈망조개를 팔러 사천시와 맞닿은 신촌마을, 비곡마을, 고봉마을 등을 헤매어 가가호호 방문 판매를 하러 다니셨다. 그러나 잘 팔리지 않아 남은 것을 이고 저녁 늦게 집으로 돌아오는 도중 군동 모퉁이라는 지명의 밤 어두운 길가에 앉아 마음의 아픔을 삭이는 눈물 흘리셨다. 하지만 오로지 자식들을 먹여 살려야 한다는 일편단심으로 일본에 있는 남편의 기약 없는 만남을 기다리며 투박한 시골 자갈길을 다시 걷기 시작한다. 졸작 〈어머니 마전댁〉에 나오는 갈망조개 장사는 어머니의 목을 강철 무쇠로 달구었다. 졸시 〈어머니 마전댁〉을 잠시 읽고 넘어 간다.

# 어머니 마전댁

갈망조개 양철동이
학동재 이고 걸으신 무거운 가난
어머니 머리와 목
강철 무쇠로 달구었습니다
해진 고무신 이 마을 저 마을 떠돌다
팔리지 않는 조개들이 대신 울어버린
사랑의 불길 땅 끝 와 닿아
하늘로 가버리시던 날
뜨거운 화롯불이 귀천을 도왔어도
한 줌 어머니의 식은 재는
내 빈 가슴에 눈물 되어 뿌려졌습니다
삼백육십오일 내 슬픔으로 젖는
생전의 그 아픈 발자국 소리들
모진 회초리 되어
뿌린 눈물 도로 닦습니다
하늘의 창 열고 구름 밀어내어
햇빛에 실어 보내는 어머니 마음
만지고 또 만지며
남기신 사랑의 끝을
아이들에게 잇습니다

감이 익어 따먹을 철이 되어 어머니는 다시 감을 홍시로 만들어 파는 장사를 시작한다. 이 집 저 집 감을 사 이고 집으로 와서 홍시를 만드는 작업을 한다. 큰 독 안에 감을 차곡차곡 넣으면서 흰 가루를 뿌린다. 어릴 때엔 그저 아무렇지 않게 생각했으나 감이 빨리 홍시가 되게 하는 약품이었던 것으로 추정된다. 어머니는 그것이 사람 몸에 해롭다는 건 전혀 알지 못했던 것이 틀림이 없다. 남에게 해를 끼치는 일은 독사보다 더 무서워한 어머니였기 때문이다. 어느 날 어머니는 초등학교 5학년 밖에 안 되는 나를 데리고 40리 먼 길 삼천포 장으로 홍시를 팔러 가곤 했다. 어린 나는 감 한 바지게를 지고 어머니는 감 한 다래기를 머리에 이고 아침 일찍 집을 나선다. 울터지라는 지명의 산길을 감을 지고 올라가던 어린 내가 돌에 걸려 넘어져, 지고 가던 감이 쏟아져 홍시감이 다 망가진 것을 본 어머니는 주저앉아 대성통곡을 한다. 나도 따라 운다. 그 참을 수 없었던 울음의 의미는 무엇이었을까? "자식새끼 내질러 놓고 어데 가 있소? 이 양반아!" 떠돌이 장사 함태기 이고 이 마을 저 마을 걸으며 가파른 학동재 걸어 오르내리며 어머니 혼자 중얼거리던 말이었다. 일본으로 떠나가 기약 없이 돌아오지 않는 남편에 대한 원망의 하소연이 눈물로 쏟아져 나오는 통곡이었다. 자식들을 먹여 살려야 하는, 일편단심과, 정절을 하늘의 명령처럼 지키려는 여인의 가슴으로 터져 나오는 야속함과 설움과 슬픔이었던 것이다. 상처받은 감들이 어머니 아픔의 상징으로 길목에 피처럼 흐드러져 있었다. 우리는 그 야속함의 흔적을 남기고 망가지지 않은 감을 추슬러 다시 삼천포 장터로 걷기 시작했다.

내가 육군사관학교에 우수한 성적으로 합격하여 면접 절차까지 마쳤으나 6.25 동란 때 삼촌과 고모의 좌익 활동과 월북으로 전혀 예상하지 못했던 연좌제에 걸려 입교가 불허되어 재수를 하여 다음 해에 부산대학교 사범대 영문학과에 4등으로 합격했으나 이번에는 어렵게 공부하는 과정에서 심한 감기 증세로만 알고 제대로 치료를 받지 못하고 공부에만 몰입해 지내 온 것이 결핵 중증으로 판명되어, 당시만 해도 부산대학교가 입학을 불허하는 그 몹쓸 병에 걸리어 뒤늦게 치유를 위한 조치로 고향으로 돌아오게 된다. 아무 죄 없는 나에게 배려 없이 가한 사회의 잔인성에 대한 나의 분노는 눈물로 녹아내릴 수밖에 없었다.

친척집 작은 방 하나를 얻어 병마와 싸우는 나를 위한 어머니의 뜨거운 모정이 이어진다. 어느 날 소의 창자라 하면서 소의 내장이 좋다면서 억지로 먹인다. 훗날 그것이 아이의 태를 썰어서 나를 속이고 억지로 먹였던 어머니의 이야기를 듣고 어머니 앞에 펑펑 울음을 터뜨렸다. 친구들이 뱀을 잡아 오면 어머니는 그것을 살점이 풀어지도록 끓여 먹인다. 내가 살기 위한 징그러운 살생, 생각할수록 어떤 죄의식의 늪에 빠진다. 그 트라우마 때문인지 지금 귀촌 생활 하면서도 도살장에 끌려갈 것을 마음 아파해 염소를 키우지 못하는 연민의 그물망에 걸려들기도 했다.

어머니의 행상은 계속되었다. 나는 시골 보건 담당 직원으로부터 주사를 맞고 결핵 약을 정기적으로 받아먹으며 일 년여 동안 치료를 계속 받고 있던 어느 날 군 입대의 통지가 왔다. 신병훈련소 군 관계자에게 결핵 투병 중이라는 호소를 하여 X-ray 촬영 등 확인 절차를 받았으나 이상이 없다는 판정을 받고 군 입대가 된다. 한 달간의 훈련을 마치고 자대에 배치 받아 10개월의 군 복무 중 결핵은 다시 재발되어 마산 국군 통합병원에서 의병제대를 하게 된다. 어머니는 이 못난 자식의 병 수발을 다시 떠안으시게 된다. 부산의 범내골 가난한 산비탈 판자집촌으로 잘 알려진 이곳에 개집만 한 월세방 하나를 얻어 어머니와 함께 생활하게 된다. 그것마저도 여름에 비가 오면 천정에 물이 줄줄 새어 물동이를 놓아 받아 내곤 하였던 그곳은 다음번에 옮긴 안창골에 비하면 그나마 도시의 빛을 잃지 않았던 셈이다. 좀 싼 사글세방을 찾아 발견한 곳이 그 범냇골에서 한참 더 안쪽으로 들어가면 그 안창골의 동네, 부산에서 가장 후진 곳 가난한 개미 인간들의 서식처였다. 그곳에서 비탈길을 한참 걸어 내려가야 와 닿는 범천시장 길모퉁이에 함태기 상자 하나를 놓고 생선을 팔아 이 못난 자식의 생존을 떠받들고 있었다.

범냇골에 이어지는 안창골은 부산이라는 생물체의 몸의 항문 같은 버려짐의 골짜기이었다. 다 해어진 검은 천막 같은 집들이 너덜너덜 붙어 침묵의 언어를 나누고 있을 뿐이다. 10여 리의 구겨진 비탈 골목길을 어머니는 한참 아래로 내려가시어 범천시장의 한 모퉁이에 겨우 함태기 하나 놓고 생선 장사를 하셨다. 장사를 마치고 매일 돌아오는 길은 외면당한 한 인간의 길을 걷고 있었던 것이다. 안창골 이야기는 수십 년 전의 회상임으로 아마 지금 그곳의 옛 모습은 한 편의 신화 같은 줄거리로 기억 속에 묻혀 있을지 모른다. 가난했던 이 나라 역사의 한 페이지이다. 지금 나는 꿈속의 그 슬픈 길을 어머님께 용서를 빌며 걸어가고 있다.

어머니, 이 못난 자식을 위해 뼈를 깎고 피를 말리며 살아가신 어머님의 희생을 제대로 느끼지 못하고 예사로 지내 온 이 죄를 이 나이에 뒤늦게 생각하며 뉘우치며 하루에 몇 번이고 눈물을 가슴에 적십니다. 용서해 주십시오. 졸시 〈어머니 생각〉을 들려 드립니다.

## 어머니 생각

등이 휘인 밤
문을 두드리는 빗소리에
잠에서 깨어나
밤배의 노를 젓는다
눈을 뜬 내 작은 배
어머니 생각이 흐르는
머나먼 강물 위에
아픈 조각 하나로
떠 있다

# 서귀포 바다가 분만하는 태양

서귀포 '라이슬라' 펜션에서 하룻밤을 지내고 이른 아침 동이 트고 있다. 서귀포 범섬이 혼을 빼앗긴 듯 바다가 분만하는 태양을 지켜보고 있다. 이 장엄한 아침을 대부분의 사람들은 매일 망각 속에 가두어 놓는 경우가 많다. 바다의 분만을 돕는 하늘이 이 하루살이 해의 첫걸음마를 위해 보랏빛 융단을 깔아 놓는다. 그렇다 저 태양은 짧게 살다가 사라지는 하루살이이다. 아무것도 바라지 않는다. 오로지 이 세상 생명을 이어 주는 것의 희열을 포식하는 하루를 살다가 사랑의 눈빛을 서산 위에 붉게 뿌리며 숨을 거둔다.

바다는 산고의 아픔을 무릅쓰고 매일 또 다른 해를 낳고 있는 것이다. 인간에게 매일 다시 태어나라는 울림을 주며 그 아픔을 가르치고 있는 것이리라. 잠시 후 해는 인생 단거리의 경종을 울리는 듯 이글거리는 기운을 더해 가고 있다. 인간에게 하루는 짧은 시간일지 모르나 태양은 한 생애이므로 촌음을 아껴 쓰라는 또 하나의 가르침이다. 시간이 흐른다. 제법 성인이 된 태양이 나를 향해 걸어온다. "왜 주춤거리고 있는가?" 그가 나에게 던지는 첫 충고이다. 바닷가의 먹바위들과 검은 돌담과 야자수 나무와 지나가는 바람 그 어느 것도 저 해를 외면하지 않는데 단지 1톤짜리 소형 화물차만이 길목에서 고단한 삶을 뚤 뚤 말아 놓은 잠 속에 아직 처박혀 있다. 나는 시커멓게 탄 얼굴에 파고드는 햇빛을 가리려는 본능적인 저항의 손바닥을 얼른 내린다. 잠시였지만 존엄한 저 해를 거부하려 했던 이기심 위로 검은 새 몇 마리 날아간다.

서귀포 해변의 아침을 계속 걸어간다. 빛을 들이마시며 찬란한 바닷가를 다시 걸어가고 있다. 기쁨이 흥건한 빛 한가슴 받아들이며 짙푸른 바다의 사랑을 포옹한다. 바다 위 떠오르는 태양의 고고성이 사라지지 않고 아름다운 소녀의 홍조처럼 아침노을로 수평선 위에 머물고 있다.

# 재활용의 맛깔

여기 솔숲 우거진 유구읍 연종구계길 산자락으로 이사 온 지도 3년을 넘어섰다. 남이 버린 물건 주워 쓰는 재미가 쏠쏠하다. 자동차로 40여 분 걸리는 거리에 있는 딸 집에 종종 가게 된다. 이 도시의 아파트에 대체로 젊은 부부들이 많이 거주하는 탓도 있겠지만 내가 보기로는 아직 멀쩡한 소가구들을 쓰레기장으로 내버리는 경우가 많다. 아까운 마음으로 종종 주워 온다. 탐욕의 근원이라기보다는 또는 거지 근성의 추한 모습이라기보다는 물건들의 죽음을 새로운 존재의 가치로 다시 일으켜 세우려는 한 편의 검소한 바람에서이다.

오늘도 남들이 쓰다가 내버린 의자 4개를 주워 와 일부분만 제거하고 남아 있는 그 뼈대로 새로운 모양의 의자를 만드는 작업을 했다. 자연에 기댄 멋과 치장이 예사롭지 않다는 방문객들의 말을 자주 듣는 솔향마을의 집 한 채, 의자를 놓을 푸른 잔디밭에서 이 작업을 하면서 잔디의 눈치를 살폈다. 잔디들의 눈빛은 이날 어린 아이의 눈동자처럼 초롱초롱 빛나고 푸르렀다. 맑은 날은 물론 눈비 내리고 흐린 날도 변함없이 함께 지낼 동반자를 기대하는 눈치였다. 이 작업을 하면서 나는 나대로 즐거운 것이다. 이것도 새롭게 태어남을 의미하는 하나의 창조 행위이구나 하는 마음, 그 행복감의 강물에 떠 있기 때문이다. 일의 즐거움을 만끽하는 셈이다. 과연 새로운 탄생은 훌륭했다. 잔디의 뜻을 알아챘기 때문에 초록은 동색이란 말이 있듯이 초록색을 칠했다. 수리해 만든 의자에 그들의 색감인 초록색을 칠한 것이다. 의자의 색깔이 초록색이라면 다소 부자연스러울지 모르나 잔디밭 위에 놓인, 물론 버린 것을 주워 와 새롭게 만든 갈색 테이블과 4개의 의자 그 모습은 다정다감하고 조화의 매무새를 돋보인다. 마치 4명의 쌍둥이 자식들처럼 예뻐 보인다. 나는 의자에 앉아서 그들의 말에 귀를 기울인다. 이 세상 다시 태어나 살게 해 주셔서 고맙다는 그들의 의미 전달이다. 끝까지 아빠를 배반하지 않고 섬기겠다는 재롱으로, 인간 자식들 자주 찾아오지 않을지라도 나의 얼굴은 흐뭇한 기색이다. 잔디밭은 잔디밭대로 고마워 어쩔 줄을 모른다.

우리는 이 세상 살아가면서 남 눈치의 종노릇을 하는 경우가 많다. 특히 우리나라 사람들이 그런 경향이 짙었다. 물론 우리의 언행이나 예의범절에 소홀하지 않는 도덕성의 문제에 남을 의식하는 것이야 지극히 당연한 생각이겠지만 그러나 단순한 체면치레로 금시 새것으로 바꾸고 우쭐대려는 사고는 허상이며 삶의 낭비 아니겠는가?

나는 개인적인 필요로 영국 케임브리지에 4개월간 체류한 적이 있다. 어느 날 내 눈에는 다소 이상하게 보이는 자동차 한 대가 집 앞에 세워져 있었다. 망가진 듯한 문짝에 허름한 나무판자 하나가 잇대어져 있어 언뜻 보기에는 참 흉한 몰골이었다. 그러나 차의 문이 안전하도록 부착되어 있으면 되었지 남의 눈을 아랑곳하지 않는다는 영국인 실용주의의 상징성을 잘 말해 주는 것이라는 영국 유학생의 귀띔이다. 또 한 가지 우리나라에서는 거의 볼 수 없는 인상 깊은 장면 하나가 아직도 머릿속에 지워지지 않고 있다. 나이 지긋이 들어 보이는 한 분이 녹이 슨 듯한 허름한 중고 자전거를 타고 길거리 시장 한가운데를 지나가고 있었다. "저분이 케임브리지 대학교 단과대학 학장이시다."라는 현지 유학생의 귀띔이었다. 그 유학생은 사족을 덧붙이지 않았다. 돋보이기 위하여 남을 의식하지 않는 영국인 생활의 소박성과 지성인의 겸손과 검소함이다. 요즈음 우리나라의 젊은이들도 구시대적 사고방식에서 벗어나 실용주의로 나아가고 있는 추세가 엿보이기도 해 바람직한 사고의 가치판단으로 받아들인다.

내 안전과 내 건강과 내 절약에 도움이 된다면 남이 쓰던 물건이면 어떻고 헌 것이면 어떠하랴. 내가 주워 온 버려진 물건의 재활용은, 남의 눈 개의치 않는 검소한 미덕, 그리고 그 물건에 새 생명을 불어넣는 부활과 창작 가능성의 기쁨이 내재해 있음을 새삼 깨닫게 해 주어 맛깔스런 음식처럼 마음이 달콤하게 젖어들게 해 준다. 고도 공주시로 이사 와서 내 소신을 펼치는 정감을 맛보는 여유를 가지는 생활이 생기를 띤다. 우리 집 이곳저곳에 있는 재활용의 맛깔이다. 원두막에 설치한 탁자와 별채 송월당 앞 별도의 휴식 공간에 설치한 탁자 또한 버려진 전선 드럼을 주워 와 변형시켜 만든 작품들이 그러하다. 또 어딘가에 버려진 물건들이 재생을 염원하며 나를 기다리는 눈빛이 초조하리라는 생각, 재활용을 하나의 창조의 수단으로 받아들이는 흐뭇한 마음이 나의 가슴으로 스며든다.

# 소먹이 고향초

　TV나 휴대폰의 프로그램 시청에만 늘 몰입하는 오늘의 청소년들을 바라보며 내 인간의 뿌리 고향 땅을 생각한다. 용틀산 밑의 자운영 꽃 흐드러진 그곳에 논갈이 때가 지나고 여름이 짙어 가면 이른 새벽마다 아직 잠 덜 깬 아이들이 눈을 비비며 제 각기 소를 몰고, 키 큰 버들나무들 양쪽으로 길게 늘어선 자갈길 한길에 쭉 늘어선다. 그 어느 누구도 말하지 않지만 마치 약속이나 한 듯이 늦잠꾸러기 용호가 그 지순한 부럭데기 황소를 몰고 나타날 때까지 한참을 기다린다.

　제일 앞에 서 있던 고리형의 무언의 신호로 검은 소와 송아지들이 간간히 섞인 삼십여 마리의 소들이 서서히 이동하는 움메! 움메! 소 울음소리 어우러지면서 이렇게 산촌의 하루는 소년소녀 아이들의 소먹이 행렬로 시작이 된다. 족히 십여 리나 멀리 떨어진 두룸박골까지 이들의 소 행렬은 몇 구비의 산등성이를 지나 그리고 솔밭 무덤을 지나서 고고하게 맑은 물소리 들리는 깊은 산골짜기에 다다른다. 소고삐를 푼 아이들은 소들과의 이별을 서두르지 않을 수 없다. 마을로 내려가 학교로 가야하기 때문이다.

　산속의 맑은 개울에 손 씻고 세수하고는 올라온 내리막 구불산길을 산토끼처럼 펄펄 뛰어 내려가노라면 망개나무 사이사이에 산새들의 울음소리가 아이들의 뛰는 발자국 소리와 지순함의 극치인 가쁜 숨소리와 화합한다. 이곳저곳 빨갛게 핀 중나리 꽃들의 미소하며, 소년소녀들을 동화 속의 주인공들로 만들어 주기에 충분했다. 그 화합과 동산의 맑은 공기, 푸른 잎새들의 지저귐이 그들의 잔꾀 부리지 않는 속성으로, 세상 살아가는 세월 속에 묻어 있었다.

학교를 파한 후 어김없이 가야할 곳도 그 두룸박골로 소들을 데리러 가는 일이다. 식은 꽁보리밥과 무뚝뚝한 된장국이 그들의 식도락의 전부이었다. 대충대충 점심을 스스로 챙겨 먹고 나란히 집을 나선 아이들은 제각기 소고삐를 말아 목에 걸치거나 손에 들고 삼삼오오 두룸박골로 다시 향한다. 여름이 임산부의 배처럼 불룩해지기 시작하면 산밑의 보리밭 이삭들도 서로 뒤질세라 끝없는 욕망을 부풀리지만 농부들이 수확하기엔 아직 때가 이른지라 아이들은 이따금씩 보리 서리 재작을 저지른다. 남의 보리밭 보리 이삭들을 마구 뜯어서 얼굴과 입과 코가 온통 시커멓도록 구워 먹는 그 스릴과 재미와 구수한 맛은 개구쟁이 소년소녀 시절의 잊을 수 없는 가히 용서받을 수 있었던 추억으로 남아 있다.

하지만 그날들의 그 행복이 그리 오래 가지 못했던 아픔의 여진도 오랜 세월 뒤따르고 있었다. 주인을 위해 묵묵히 일만 하며 봉사해 왔던 그 순박한 짐승이 아이와의 한마디 상의도 없이 어느 날 할아버지 손에 이끌려 시장으로 팔려 가 버렸기 때문이다. 오랜 세월을 두고 가장 뚜렷한 추억의 초점으로 남아 있었던 것은 그 누렁이 황소였다. 마음의 때라고는 찾아볼 수 없었던 어린 시절 함께 지냈던 우직한 짐승에 대한 질박한 정, 고향에 대한 짙은 향수로 맴돌고 있는 것이다.

맑고 아름다운 풍치 이룬 산골의 질박한 환경에서 자라난 소년소녀가 어른이 된 오늘도 그 인간성을 더럽히려 해도 더럽힐 수 없는 것은 그곳의 성서 같은 자연의 가르침들이 그들 영혼 깊숙이 배어 있기 때문이다. 핸드폰과 컴퓨터의 예리하고 메마른 그리고 친구들과의 어울림이 넉넉지 않은, 지극히 개인적인 게임에 빠져 시간을 보내고 있는 오늘의 많은 청소년들에게 에덴동산 같은 소먹이 산골짜기 하나 되돌려주고 싶은 마음이다. /고성신문 칼럼

참 달콤한 집=가난한 풍요의 집

# 중매

경남 지역에서는 젊은 남녀의 혼인의 연을 맺어 주는 행위를 '중신'이라고 한다. '중매'의 사투리인 셈이다. 나도 중신에 의해 맞선도 보고 이제 나이가 좀 들었으니 몇 번 중신을 서면서 소중한 연을 맺어 준 경험도 있다. 중신에 얽힌 여러 가지 이야기들도 많이 있다. 그중에서도 '중신 잘 서면 술이 석 잔이고 잘 못 서면 뺨이 석대이다.'라는 말이다. 이 말은 수많은 세월 동안 사람들이 겪은 경험의 축적에서 나온 말이다. 내 경우엔 전통적 의미의 중신은 아니지만 신뢰와 믿음으로 이루어진 소개에 의해 현재의 아내와 연을 맺은 지 40년이 더 흘렀다. 지금은 처이종 처남이 되었지만 그의 소개도 일종의 중신인 셈이다. 그러나 소개해 준 그는 까마득히 멀어져 있으며 스쳐 가는 소식만 이따금 듣고 있다. 마찬가지로 내가 중신을 서 인연을 맺어 잘 살고 있는 사람들도 당시 고마운 마음을 먹물처럼 까맣게 잊고 있음에 틀림없다.

새로운 삶을 탄생시켜 주었다 해서 옛사람들은 그를 '중신애비'라 호칭했다. 그리고 깍듯이 예우하는 태도를 잃지 않았던 것이다. 그러나 요즈음은 상황이 매우 달라졌다. '중신애비'의 호칭은 '마담 뚜' 또는 '중매쟁이'로 돌변해 버렸다. 시대 상황이 날카롭게 반사되고 있다고 보아야 한다. 물질 만능주의의 대변인 격인 돈이 끼어들었기 때문이다.

혼사를 성사시켜 엄청난 돈을 챙기려는 중매인의 세속성에 대한 심리적 비하감이 자신의 필요한 이익 창출과 충돌하고 있는 현실 묘출 화법이다. 결혼 조건도 마찬가지이다. 참 씁쓸한 혼인 이야기들이 우리 주변에 심심찮게 나돌고 있다. '사事, 師' 자 돌림 신랑감이면 고급 아파트 열쇠 한 개, 고급 승용차 열쇠 한 개 또 무슨 열쇠 한 개 등을 들고 가야 한다는 등, 사랑으로 만나야 할 결혼이 세속적 명예와 돈의 얼개에 가두어진다면 신혼의 꿈을 갉아 먹을 불행이 먹구름처럼 다가올 가능성이 짙은 것이다.

이야기를 원심으로 돌려놓고 끝내고자 한다. 요즈음 나는 인간적 배려에서 집안 조카들이나 내가 아끼는 젊은 직장 동료, 친구의 자녀 등의 중매를 간혹 시도하기도 했다. 한쪽의 거부 의사를 상대방의 마음을 상하지 않도록 전달해야 하는 과정에서 적잖은 고민을 하는 경우가 있다. 이때 생각하게 되는 우리 선조들의 인간적 지혜에 새삼 놀라지 않을 수 없다. 궁합宮合이라는 언어 매개체이다. 이 말을 자연스레 이용한 데에는 두 가지의 중요한 의도가 깔려 있다고 본다. 적나라한 표현을 감춘 듯하는 언어의 감칠맛이 우러나오는 말이다. 첫째: '결혼의 운명적 합일' 정도로 받아들여지는 말이면서도 성 접촉의 조화가 행복의 우선순위라는 노골적인 현실성을 비밀리에 주장하고 있는 것이다. 궁합이 맞아야 한다는 것을 혼인의 선결 조건으로 내세웠던 것이다. 미모보다는 이 세상 존재의 근원인 성을 더 중요시했던 점도 간과할 수 없다. 둘째: 배려하는 마음이다. 우리 선조들은 남의 아픈 마음을 배려하는 데 이처럼 조심스러웠다. "궁합이 안 맞더라."라고 언어의 곡선을 던져 주면 상대는 자존심 상하지 않고 상대를 이해해 주면서 포기하게 된다. 길흉화복의 운명을 판단해 주듯이 궁합을 예측해 주는 사람이 있었던 것이다. 그러나 요즈음 이 말은 퇴짜의 어떤 모욕감으로 굳어진 인상이 있어 마땅치가 않는 것 같기도 하다. 요즈음은 사실 중매인의 역할이 필요 없기도 하다. 당자끼리 바로 처리되는 경우가 많기 때문이다. 옛날 사람들의 사고가 곡선이었다면 이 시대의 젊은이들의 사고는 직선인 셈이다.

그러나 그들의 언어는 숫돌에 간 칼날처럼 신중하고 날카롭다. 가령 얼마간 만난 후에 '올해의 가장 중요한 목표가 무엇이냐?'라는 고도로 자존심의 상처를 비켜 가는 질문에 대답은 갈라질 것이다. 아무튼 중신을 하여 비록 뺨 석 대가 되돌아올지라도 노총각 노처녀들의 뼈에 사무치는 고독을 닦아 주는 데 인색하지 않으려는 생각이었다. '다시는 중신 안 해야지.' 하면서도 내가 아끼고 소중히 생각하는 사람들의 부탁이나 딱한 사정을 듣거나 또는 살피고 있노라면 마음속에 연결해 주고 싶은 굵고 푸른 선 하나가 또 그어지곤 했다. 그러나 시대의 변천이 이 중매의 존재 가치를 퇴출시키고 있다. 새로운 인생의 출발을 직선으로 연결시키고 있는 것이다. 제3자를 개입시키지 않는다. 그러나 중매라는 단어 자체가 소멸되고 있는 지금, 쉽게 금시 헤어지는 풍조의 묘한 여운을 남기고 있다.

# 바람 소리 어루만지는 죽음

필자가 장유에 있는 대성교회를 떠나온 지도 긴 시간이 흘렀다. 목사님의 그 포근한 인품과 겸허한 성직자로서의 잔물결이 여운으로 머물고 있으므로 그가 믿음으로 인도하는 교회는 필자가 자주 향수에 젖는 믿음의 호수이다. 목사님의 설교에 대한 나의 후일담이다.

말씀을 되새기면서 바람 소리 어루만지는 죽음을 생각하기로 한다.

어떤 이의 죽음을 향하여 이런 현수막이 나붙었다고 한다. 'Well come, Homecoming' 귀향을 환영한다는 말이다. 장례식의 분위기를 뒤집어 놓은 이 현수막의 설교를 들으면서 '나 하늘로 돌아가리라.'는 천상병 시인의 시구詩句가 떠올랐다. 그러나 천상병의 시가 나 중심을 향한 죽음의 독백이었던데 비하여 이 현수막은 너 중심으로 살다 온 그를 위한 시 아닌 시적 외침이다. 죽음이 죽음 뒤에 남아 있는 자들을 위한 커다란 가르침의 선물로 남겨진 것이다. 힘없고 가난하고 핍박당하는 자들을 위한 예수님의 생애, 목사님은 그것은 하나님과 하나가 되는 큰 사건으로 규정짓고 있다. 나는 떠나가도 내가 하나님과 하나 됨같이 남아 있는 세상 사람들이 우리(성부, 성자, 성신)와 함께 되기를 기도하는 예수님 사랑의 아가페적 위대성을 강조한다.

죽음이라는 절망의 벼랑 끝에서 자신만을 향한 몸부림으로 인간은 단절의 극점으로 내몰린다. 추태의 처절함이랄까, 교회를 가득 메운 교인들이 적어도 한 번쯤은 목격한 간접 경험의 공포가 파도친다. 침묵의 파랑이 교차된다. 까맣게 잊고 사는 삶의 종말을 두려워하는 이유는 분명하다. 목사님 설교의 8부 능선을 넘고 있다. 한평생 나를 향해 살아온 나의 종말이 두려울 수밖에 없다. 한 생애를 철저히 나를 배제한 타자의 편에 서 있었던 예수님이 신인神人으로 추앙받으며 인간의 영원한 구세주로 자리매김 받았던 것에 우리는 진정 무릎을 꿇는 것이다. 예수 하나님과 하나 된다는 것은 예수님의 말씀을 실천하는 것이지 예수님의 편이 된다는 것은 절대 아니라는 것이다. 예수님, 곧 하나님의 말씀을 실천하는 기독교인으로 거듭 태어나기 위해 노력하고자 하는 자들을 위해 장유의 그 교회는 지금도 진리를 향한 힘찬 행진을 계속하고 있으리라 믿는다. 우리의 인생은 언제나 불시착할 수 있다. 내 사랑하는 후배도 그랬고, 황수관 박사도 그랬고 박정희 대통령도 그랬다. 나의 단절이 아니라 가난하고 불행한 이웃을 위한 삶의 돛배, 그 돛을 달아 보라는 메시지이다. 삶의 시선을 나에게서 너에게로 돌리라는 것이다. 이것이 바로 예수의 가르침이다. 역사의 예수이고 영생의 예수에게로 다가서는 진실의 길이다.

하지만 필자는 스스로 미련하고 부끄럽다. 죽음이 나를 향해 달려온다. 바람 소리 어루만지는 죽음이 달려오는 삶을 위해 하나님의 말씀에 구속되어야 할 것이고 그 구속을 향한 자유를 풀어놓은 장유의 그 교회 자유 게시판! 종교의 빛나는 대목이다. 이 게시판 앞에서 쇠약해지는 내 기억력의 기둥에 꽁꽁 묶어 놓은 말 한마디가 아직도 꿈틀거리고 있다. 장유대성교회에 다닐 때 한 초빙 인사의 설교 첫마디가 그것이다. "한 목사님을 처음 보고 예수님으로 잠시 착각했습니다." 성도들이 와르르 무너졌다. 웃음의 바다가 된 그 교회는 행복의 바다이었다. 진실과 진리와 겸손의 주춧돌을 놓은 반석 위의 교회, 우리 시대에 이런 교회 이런 목사님이 절실하다. 물질과 권위가 방석을 깔고 앉아 있는 교회들이 이곳저곳에서 십자가를 하늘에 꽂아 놓고 있지는 않는가? 내 생각의 길목에서 말씀의 구속을 향해 자유의 산책을 계속한다. 멀리서 은퇴해 있을 목사님의 건강을 기도한다.

# 학력 교만의 까마귀

시를 비롯한 문학의 천재성은 외길을 걸어가고 있다. 문학인 특히 시인은 이론적인 학문 세계와는 다른 별도의 마을에 도달한다. 창작을 이론으로 끌고 가서는 안 된다는 고집이다. 대학 또는 대학원 출신이랍시고 연구 논문의 자부심으로 시의 텃밭에 내려앉는 까마귀는 백로들의 환영을 받지 못한다. 우리 지역 문단의 여류 시인 한 사람이 대학 국문과 어느 교수의 강의시간에 졸려서 청강을 접었다는 고백을 털어 놓았다. 이것은 시인에게 와닿는 강의의 질적 수준도 문제 되겠지만 근본적으로 이론이 시인이 가지고 있는 고도의 창작 능력을 지배하지 못했다는 추측을 해 본다. 그 여류 시인은 시학의 그만한 품격을 가지고 있다고 필자가 믿기 때문이다. 대학 출신 문인들이 가끔 가지는 딜레마가 여기에 있다. 엉뚱한 자부심이다. 영국의 대학 출신 재사들(University Wits)의 셰익스피어에 대한 질투가 그 압권이다. 시골 청년 셰익스피어에게 명성을 빼앗긴 이들의 울분을 아래 글에서 엿볼 수 있다.

An upstart crow, beautified with our feathers, that with his Tiger's heart wrapped in a player's hide, supposes he is as well able to bombast out a blank verse as the best you; and being an Johannes factotum, is in his own conceit the only Shake-scene in a country.

우리의 깃털로 장식된 한 참가자의 가죽 속에 감추어진 호랑이의 마음으로, 갑자기 출세한 까마귀가 하나의 무의미한 시구에 지나지 않는 것을, 당신처럼 최고의 것으로 만들 수 있다고 가정한다. 그리고 잡역부 요하네스가 되어 있는 것이 그의 자만심 안에 있는 유일한 셰익스피어 장면이다.


이 글을 쓴 영국 극작가 그린은 그의 동료 작가들에게 갑자기 출세한 시골 까마귀 셰익스피어가 돌아다니는 극장 생활을 청산하고 경건한 신앙생활로 돌아가라고 충고하고 있는 것을 보면 중학교도 제대로 나오지 않은 셰익스피어의 창작 능력의 찬란한 태양 앞에 눈이 부셔 고개를 돌리고 만 처량한 학력 교만의 반증이다. 그러나 놓치지 않는 리트머스 시험지 한 장이 있다.

셰익스피어의 흉내는 낼지언정 묘하게 배어드는 지성의 빈곤이라 할까, 인간 무게의 저질, 왜소함 또는 경박함이 문인들의 눈망울에까지 종종 젖어드는 시인이 우리 주변에 있다면 필자의 생각을 역류시키는 안타까움이다.

시는 지적 구조이기 보다는 영혼의 울림이므로 한 시인의 우물 깊은 곳에 고인 영혼의 울림을 세상 밖으로 길어 올려놓은 물, 사물의 그 맑은 울림을 독자들이 마신다는 사실을 잊지 말아야 할 것이다. 그러므로 시인의 언행이 마음씨 고운 보편적 사람들의 마음에 흠집을 내게 한다면 그가 쓰는 시는 이미 가짜이고 독자로부터 외면당하여 외진 곳에서 홀로 부패될 가능성이 크다 할 것이다. 시의 종교를 부르짖는 예이츠 앞에 삼가 머리를 숙인다.

# 뻥

　뻥이라는 말을 접하면 먼저 진정성이 없는 허풍이라는 경멸조의 뉘앙스가 먼저 떠오른다. 그리고 뻥튀기라는 먹거리 추억의 세월이 스치고 가난한 사람의 직업이라는 생각이 얼른 떠오르고, 작은 것을 크게 부풀리는 사기성의 어감도 빼놓을 수가 없다. 군더더기의 여지가 없다는 투의 이 말의 보편적 의미는 막힘을 화통하게 뚫어 카타르시스의 에너지를 강력하게 뒷받침하기도 한다. 시인들이 간혹 이 말을 자기 시에 집어넣어 시의 간을 맞추어 맛을 내기도 한다. 또한 허망의 속성 등 다양한 의미망을 지닌 아주 재미있는 순수 우리말이다. 따라서 이 말이 거쳐 간 뒤에는 오해를 불러일으킬 소지가 다분히 있게 된다.

　제법 오래된 이야기이다마는 시골이 고향인 우리로서는 미국생활의 성공 사례로 지목되는 경남 사천중학교 여자 동창생인 한 친구로부터 날아온 아리송한 카톡 쪽지 하나가 순간적으로 심한 두통을 앓게 했다. 왜냐하면 그녀의 글에 대해 칭찬의 댓글을 올린 내가 뻥을 많이 치는 존재로 타인에게 정말 비쳐지고 있는가에 대한 충격 때문이었다. 나의 답글에 "뻥이 너무 심하다."라는 비수를 꽂은 것이다. 혀끝(댓글이 붓끝이라기보다는)이 가장 위험하다는 것을 실감하는 순간이었다. 거짓을 지렁이보다 더 싫어한다는 나의 중심을 흔들어 놓은 것이다.

평소에 나에 대한 색감을 갖가지 눈으로 보색하고 있는 사람들 중 이 말을 듣자마자 통쾌히 고개를 끄덕이는 분들도 더러 있지 않을까 의구심의 싹이 튼다. 인간의 속성은 선과 악, 또는 참과 거짓 정도의 경계선이 사람마다 천차만별로 달라(아마 좀 모호할지라도 그 경계선이 없는 사람은 이 세상에 한 사람도 없을 것이다.) 나 역시 그 한 사람으로 그들과 교류해 왔다. 선의의 거짓이 우리 생활에 필요하기도 하기 때문이다.

그러나 쪽지가 던진 파문은 언어의 굴절을 더러 내보이는 하나의 묘한 프리즘의 현상이었다. 이번에는 쪽지 아닌 전화를 받는다. 그와 나의 언어 감각의 지문을 다시 채취하게 된다. 그녀의 '뺑'은 자기 겸손의 전달이었고 나의 '뺑'은 옹졸한 소아의식의 발로이었다. 그의 언어 '뺑'이 나에게 다가와 수렁에 빠져 혼자 헛돌고 있었던 것이다. 친구의 말을 잘못 받아들인 내가 몹시 미안했을 뿐이다. 긍정, 그 바람 소리 어루만지는 가을의 길목에 혼자 서 있다. 분쟁은 흉계나 악의에서보다는 오해나 타성에 의해 일어난다는 괴테의 지적을 떠올리게 된다. 친구의 가슴 우물 속에 고여 있는 순수성의 물 한 두레박 퍼 올려 메마른 나의 마음 밭에 뿌린다. 고마운 친구야.

# 달빛이 사랑하는 집

　유구읍에서 천안시 광덕면으로 가는 깨끗한 지방 도로에서 살짝 비켜 나와 감미로운 굴곡을 이루고 있는 짧은 비탈길 하나가 집으로 안내하고 있다. 세상 살아가면서 탐욕을 비켜 가기도 하며 맞서기보다는 양보하는 유연성을 먼저 가지라는 굴곡의 암시를 늘 주고 있다. 길을 따라 조금만 올라오면, 수놓은 듯 솔숲 펼쳐진 자연미 그대로의 유구읍 구계연종길에 터를 잡아, 아담한 풍광이 한 눈에 들어오는 전원주택과 송월당松月堂이라는 별채 하나가 있다. 송월당 바로 앞에는 '엄마야 누나야 산변山邊 살자'라고 쓰인 팻말 하나가 먼저 인사를 하며, 졸시 〈이 집이 말하네〉라는 시를 손짓하면서 찾아오는 사람들을 환영하고 있다.

　연종리 솔향마을 산변에 사는 두 채의 집. 어미와 새끼 노루라며 솔숲을 사랑하는 눈동자 창밖의 푸르름이 늘 싱그럽다. 이 마을 자주 들르는 바람이 행복 한가득 안고 서 있는 두 마리 산노루의 눈빛에 걸려 솔숲 닮은 풀밭의 풀잎들 마음 비운 기쁨을 파닥거린다. 이 집 본채의 역할의 부족한 점을 대신하고는 있지만 별채도 뒤지지 않는 존재감을 가진다. 이들은 어미 노루와 새끼 노루로 불러 주기를 바란다. 이 별칭에 귀 기울이며, 친구들을 비롯한 지인들이 자주 찾는 이곳 별채는 마치 돈 안 받는 북 카페 같은 편안하고 여유 있는 주변의 운치를 베풀어 주기 때문인 것 같다.

  먼저 눈에 들어오는 솔숲 하나가 이국적인 분위기를 자아내는 듯하면서도 감칠맛의 고풍을 간직하여 때로는 거센 바람과 고난을 이겨 내고 산자락에 함께 떼를 지어 살아온 고송들의 자태는 은근과 끈기의 표상이면서도, 그들끼리 긴 세월 동안 한 발자국 옮기지 않고, 오로지 서로가 서로를 위해 동고동락해 온 우정은, 걸핏하면 비틀어지고 쉽게 금방 헤어지는 인간의 속성을 타일러 주고 있다. 사시사철 시들지 않는 푸르름은 그들이 살아가는 행복감이며 만족이며 평화의 마음인 것이다. 자주 찾는 바람이, 하늘이 껴안아 주는 이들의 푸르름을 어루만지며 머물다 간다. 이 솔숲을 바라보면서, 비록 가난의 굴곡이었지만 역마살이 낀 나의 인생, 사는 곳을 자주 옮겨 다닌 행적을 새삼 부끄러워하고 있다.

  묵직함의 의지와 다정의 솔숲에 밤이 오면 이 집 뒷동산의 달빛이 유달리 나의 이야기를 더 부추긴다. 어둠이 짙어지면 집 뒷산 위 하늘에 전통 옷 아바야와 모자 히잡을 걸친 사우디 여인의 얼굴처럼 나타나는 달의 수줍음이, 뒷산 위 하늘을 가린 숲속 나뭇가지들 사이로 얼굴을 반쯤 가리고 전부를 드러내지 않는 차분하고 은근한 반달의 모습이다. 별채 앞에 세워 놓은 서각, '꾀 없는 사람이 머물고 싶은 솔향의 집'이라는 이 집을, 이 달빛이 유달리 사랑하는 분위기이다.

  여름밤이다. 어둠이 찾아온 집 앞뜰에서 달빛 은근한 뒷산 머리를 쳐다본다. 들려오지는 않지만, 멀지 않은 도솔사의 목탁소리가 은은히 배어드는 착각을 일으킬 정도로 나의 영혼은 무아지경에 빠져든다. 어둠이 달빛을 위해 온몸을 펼치는 적막이 있기 때문이다. 누가 이 어둠을 불행이나 악마에 비유했던가? 헌신과 양보의 절대적 사랑을 펼치는 이 침묵의 바다를 두고 말이다. 어둠이라는 이 바다 위에 달빛은 자유의 물살을 일으키며 사랑을 전달하고 있는 것이다. 우리 살아가면서 빛을 위하여 어둠이 내리는 아픔을 미워하지 말자. 빛이 결국은 미움과 어둠에게 타일러 물러나 있게 해 주지 않는가. 여기 솔향의 집 뒷동산 위의 저 고요한 어둠 속의 밝은 달빛처럼 말이다.

가슴에 잠시 시심을 적셔 본다. 솔향마을 달빛이 사랑하는 집 뒷동산에는 숲속에서 일어나는 밀어를 이야기하는 듯, 물 졸졸 흐르는 개울 하나가 있다. 개울 한 마리 기르고 있는 산마을이다. 지저귀는 물소리 옷 적시며 바위 하나 웃고 있다. 하늘에 떠 있는 한 떨기 새털구름 나래 파닥이는 잎새를 얼러 발정을 하며 해종일 생명의 피 박동치는 이곳에 눈빛 맑은 바람 찾아와 숲속의 밀어를 입질하고 있네.

전해 듣기로는 육이오 전쟁이 일어난 것도 모르고 지냈다는 은둔의 지역, 천혜의 자연이 감싸고 있는 한국천하명당십승지인 이곳의 솔숲 함께 더불어 사는 집 뒤의 개울 물소리가 청아하다. 낮에는 솔숲의 운치 있는 우정의 푸르름이, 밤이면 수줍은 달빛 사랑의 정감이 깔리면서 이 집은 다소 왜소하고 외딴 곳에 있지만 성역 같은 분위기를 잃지 않는다. 때 묻은 현대문명을 거역하는 개울의 맑은 물소리가 쉬지 않고 들려오고 있다.

# 숭어 떼를 쫓아낸 침묵의 시체들

강이 좋아서, 강의 흐름이 좋아서, 그 푸른 물결이 좋아서, 강 위로 피둥피둥 뛰어오르는 숭어 떼가 좋아서 낙동강 가에 조그만 전원주택 하나를 지어 살아온 지 2년째이다. 바로 밀양시 초동면 검암리 곡강마을 언덕이 내가 사는 곳이다. 마음이 때 묻지 않은 이 마을의 허리를 적시고 흐르는 낙동강의 경전 같은 곡강曲江은 꺾이어 살라는 나의 어머니이고 사랑이다.

그러나 저녁 무렵이면 온몸으로 춤추는 숭어들의 왈츠는 어느 날 사라지고 바로 그 강의 무대 위에 찢어진 나뭇가지들과 쓰레기들이 점령군처럼 진을 치고 시간을 포식한 지가 거의 두 달이나 된다. 원인이야 어찌 됐든 정부의 4대 강 살리기 공사로 빨간 오탁 방지막을 설치한 이후에 나타난 곡강의 변화이다. 곧 치울 것이라고 기다려 온 두 달 만에 관계 기관 담당 부서에 전화를 걸었다. 필자는 그에게 아래 내용의 이야기를 들려주었다. 4대 강 살리기 공사는 국민이 선택한 정부가 국민을 위해서 벌이는 우리 현대사의 대역사이므로 정부를 믿고 개인적으로 지지하고 있는 보통 시민이다. 그러나 이 공사에 부정적인 입장의 사람들이 필자의 집에 와서 저 쓰레기들의 정체를 보고 나에게 타이르는 말들이 묘한 여운을 남기고 있다. 바로 저것이 4대 강 살리기 공사의 상징물이라는 것이다. 자연의 순리로 흐르는 저 강물에 선을 그은 빨간 오탁 방지막의 강제성은 오물과 쓰레기를 차단하기는커녕 외려 오탁 방지막을 넘어 흐르지 않는 강물의 시체로 남아 있을 뿐이다. 저 침묵의 시체들에 무감각한 주체들. 필자는 현기증이 이는 듯했다. 숭어 떼도 그리고 숭어 떼를 쫓아낸 저 시체들마저 보이지 않는 눈먼 저 사람들이 4대 강을 살린다니 4대 강의 안개 운명은 오탁 방지막의 색깔처럼 빨강 신호와 더불어 슬픈 무적(霧笛)이 들려오는 듯하다.

  전화를 걸기까지 많은 생각을 했다. 공사 과정상 부득이한 사정으로, 뛰는 숭어들을 잠시 쫓아내고 저 괴물들의 침묵을 도모했다면 나도 침묵의 편을 들었을 것이다. 그렇지가 않은, 4대 강 공사 담당자들의 흐릿한 영혼의 문제가 강물 위에 드러누워 있지 않는가라는 의구심이 일었다. 먹을거리만 충족되면 즐거운 돼지는 저 주검의 시체들이 무슨 상관이겠는가. 사람들의 원성이 말벌 떼처럼 잉잉거리는 여론의 여울목에서 공사 시작부터 자연의 진리를 외면하고 있는 듯한 경제 만능주의는 테베시 교외의 스핑크스를 생각나게 한다. 4대 강 살리기의 옳고 그름의 아리송한 질문에 오답을 내린 듯한 내 영혼이 스핑크스의 제물이 되었는가 싶어 기분이 너무도 우울하다. 언덕 위의 하얀 물새알 같은 내 집이 신음 소리를 낸다. 흐르는 강물을 멈추게 하지 말라고. 정지된 저 침묵의 시체들을 어서 건져 내어 묻어 달라고. 사라진 숭어 떼의 왈츠를 어서 보아야 한다고. 하얀 물새알이 새 생명으로 태어나 흐르는 강 위를 날며 그를 노래해야 한다고. 그러나 신음 소리를 들으려는 인기척이 아직은 없었다. /경남도민일보 칼럼

# 내 존재의 뒤안길

내 존재의 뒤안길로 뚜벅뚜벅 걸어 나와 텅 빈 벌판을 지나 예산과 당진 화목의 물 고인 예당저수지에 이르렀을 때다. 저 멀리 뒤에서 쇳소리 같은 굉음이 들려온다. "아니어요, 바보의 성문을 먼저 열고 들어오셔야 했어요, 쨍그랑." 무의식적으로 뒤를 돌아보았으나 아무도 보이지 않는다. 까불지도 말고 주눅들 필요도 없다는 마음속으로 새어드는 한 줄기 소리의 빛이다. 너와 내가 다름으로 우리가 공존한다. 이 사회는 사람마다의 서로 다른 장점들이 결합되어 끌고 가는 공동체인데 유독 제가 잘났다는 자아도취의 수선화가 결코 아름답기만 한 것은 아닌 것이다. 아름다움의 뒷맛이 개운치 않은 여운을 남기기 때문이다.

요즈음 나는 시골 생활하면서 봄 가까이로 다가가기 위하여 겨울을 녹여 내는 작업을 하고 있다. 장작 패기이다. 그 뻣뻣한 장작에 날이 시퍼런 도끼를 내리친다. 못생기고 굴곡진 놈보다 잘난 체하고 뻣뻣한 놈이 한 방에 쩍 갈라진다. 별 볼 일 없는 놈들이다. 오히려 못생기고 약간 구부렁한 놈이 도끼에 맞서 잘 쪼개지지 않는다. 못난 것 같아도 못나지 않았으며 잘난 것 같아도 못난 것보다 더 나을 게 없다는 말이다.

바보의 성문을 열고 들어가 잘나고 못나고를 따지지 않는 화합의 아름다움을 펼친 저수지 위에 졸시 〈예당저수지〉를 띄워 놓았다.

## 예당저수지
### - 낙조

예당저수지는
예산과 당진이 만나
트인 바다의 마음
세상 모든 다툼 멈춰버린
고요의 옷을 입었다
홍당무 얼굴의 붉은 낙조는
노을의 날개 불그스름히 펴고
목마른 대지의 입 적시려는
저수는 늘 푸른 수면
눈치 보며 숨어드는 어둠이
손잡은 촌락들의 화목과 살을 섞는다
낯설은 내 눈빛으로 읽고 있는
저 은밀함
거울의 만족


잘나고 못난 것에 대한 다음의 이야기가 있다. 2년 동안 막대기 양
쪽 끝에 달린 두 개의 물 항아리 중 하나는 틈이 생겨, 물이 새어 제 역
할을 다 못 한 듯 자책감에 젖어 있었지만 새어 나온 물이 길 한쪽에
꽃을 잘 자라게 하여 물 나르는 일꾼은 틈이 생겨 역할을 제대로 못한

065

물통 덕분에 오히려 주인이 흐뭇해하는 꽃길을 만들어 준 것이다. 잔잔한 파도가 일으키는 물거품도 힘없고 못난 허무가 아니라, 폭풍이 일으키는 거센 파도보다 더 아름다운 하얀 물보라의 꽃을 피우는 역설을 되새겨 주고 있다. 바보처럼 살아갈 때 예당저수지 그 침묵이 전하는 화목의 평화에 물들 수 있다는 것을 되새김질하고 있는 나의 지금이다.

시드니 미항 유람선에서 /필자

# 어미 닭의 모성을 뒤따르는 삐약삐약

아내의 달짝지근한 학교 이야기이다. 그가 근무하던 어느 초등학교의 교무실은 잡티 하나 없는, 학이 함께 살 수 있는 하얀 방이었다. 그곳에는 교무실 선생님들의 마음을 언제나 녹녹히 녹여 주는 그 학교 교감 선생님이 있었단다. 자율과 교육자 권위를 존중하는 주관을 지키고 있었다. 교무회의 마칠 때의 그의 말이 아내 이야기의 끝자락에서 야무지게 감치고 있다. 이야기의 바느질을 두 귀로 듣고 있었던 내용이다. 어느 날 아이 둘이 불쑥 교무실로 찾았다. 솔로몬의 지혜가 필요한 판단의 순간이 난감했다는 것이다.

한 학생이 그 넓은 운동장 한 곳에서 500원짜리 동전 하나를 주웠다. 동행하던 또 다른 아이가 시비를 건다. 한 달 전에 자기가 잃어버린 돈이니 내놓으라는 것이다. 여기서 한 달 전이라는 시차를 두고 아이의 진실 게임이 벌어진다. 순진성의 다툼이 벌어진 것이다. 돈을 주우면 교무실로 가져와 공개 방송을 통해 주인에게 돌려주도록 하는 이 학교의 하나의 교육 지침으로, 그들이 진실 게임을 벌이면서 건너가야 할 징검다리로 생각했던 모양이다. 500원짜리 동전 하나를 들고 교무실로 온 것이다. 두 아이의 때 묻지 않은 갈등이 기특하고 참 재미있어 이야기의 바느질을 쫑긋이 세운 두 귀로 계속 경청했다. 솔로몬의 지혜로서도 해결할 수 없을 것 같았던 그 동전은, 평소 늘 교감으로 학교를 이끌어 가는 그 교감 선생님의 유연한 사회 교육의 재치 있는 제의로 매듭을 지은 것이다. 결국 두 아이의 합의에 의해 불우 이웃을 위해 쓰이는 사랑의 이웃돕기 저금통에 넣자는 것이다.

정년퇴직하면 가뭄에 콩 나듯이 띄엄띄엄 사람들이 찾아오는 고독감에 비례해서 자칫 잘못하면 인간 넝마로 추락해지기 쉬운 운명 앞에서 가련한 맹인이 되어 버리는 권한(비굴과 아첨으로 구걸해 얻은 경우 그 독성이 더 강하다.)으로 교사들의 품위와 인간성과 자율을 밧줄로 묶으려는 못난 교장이 이 세상에 가끔 있다는 바람 소리의 귀띔이 있으나. 평시에 아이들과 교사들의 마음을 늘 너그럽게 위트와 유머로 녹녹히 녹여 주는 이런 교감이 있기에 교육이 생기를 발하는 것이다. 채마밭 새싹들이 시끄럽게 지저귀는 것처럼 옛 고향 초가집 앞마당의 노란 병아리들의 천진난만함이 교감선생님 같은 어미 닭의 모성을 뒤따르며 지금도 그 초등학교 이곳저곳에서 아름다운 음악으로 삐약삐약 들려온다. 교육의 건강성이 싱싱하게 울려온다.

# 사별: 슬퍼하지 말아요

얼마 전 사촌 누이동생의 남편이 세상을 등지고 말았다. 그가 같이 살던 집을 영원히 떠나자 동생은 발버둥 치며 슬픔을 그치지 못하는 눈물로 쏟아 냈다. 나의 가슴을 찢어 내는 아픔의 여진이 아직도 머물고 있다.

우리는 부부의 연으로 짧으면 짧고 길다하면 긴 인생을 함께 살아간다. 그러나 우리는 사랑을 감각적으로만 끌어당기고 밀어내면서 삶의 하부 도구로 전락시킨, 어쩌면 사랑의 범죄자로 일생을 살아가는 우리일지도 모른다. 사랑이라는 흉내를 내면서 너를 끌어당겨 일심동체인 체하며 살아가지만 사실 자기중심의 끈을 쉽게 내려놓지는 않는다. 그러므로 갈등의 끈이 된다. 더 심해지면 그 갈등의 끈을 끊어 버리고 야욕을 문 채 자기에게로 도망쳐 버린다. 이런 인생의 바다에 시인 존 던이 던진 사랑의 비유는 엄숙하고 고결하다. 컴퍼스가 하나의 원을 그려 내려고 두 지체를 움직인다. 부부라는 결합이 엄숙하고 고결한 그리고 아름다운 사랑의 원을 컴퍼스처럼 그려 가라는 이 시의 메시지이다. 아내의 마음은 컴퍼스의 고정 각이고 남편의 마음은 이동 각이라는 기발한 착상이다. 아마 잡힐 듯 말 듯한 신의 존재처럼 이상형의 이 사랑도 그렇게 존재할 것이다. 그러나 영적으로 사랑하는 사람들이 분리하면 분리할수록 영혼은 끊어지지 않고 그리움이 더 연장된다는 신앙이 이 시의 제목 〈사별: 슬퍼하지 말아요〉으로 시의 머리 위에 초연히 앉아 있다. 시의 일부를 소개한다.

고정된 컴퍼스 다리의 그대 영혼이 움직이지 않고 있다가
다른 다리인 내 영혼이 움직이면 따라 움직이잖아요.
그리고 우리의 다른 한쪽이 중심에 머물고 있지만,
다른 한쪽이 잠시 떨어져서 이동을 하면,
몸을 기울여, 경청을 하다가도,
있던 곳으로 내 되돌아오면 얼른 몸을 바로 세우지요.
컴퍼스의 다른 한 다리처럼, 비스듬히 움직이는 나에게
당신은 그런 사람이 될 테지요;
흔들림 없는 당신이 나의 원을 바르게 긋도록 할 것이요,
나의 끝이 나의 시작이 되게 말이에요.

요즈음 나이가 들어가면서 몸과 정신이 파멸되어져 가니 때로는 아내에게 점점 더 기대게 되고 한 인간 개체로서의 자립과 독립의 성곽이 나도 모르는 사이 자꾸 허물어져 가는 오늘의 삶이다. 이 추락의 길목에서 자기 비하의 저항감이 가끔 분출되기도 한다. 그러나 이 마지노선의 심리를 잠재울 때 한평생 살아온 아내의 사랑을 상처 입히지 않는다는 믿음을 신앙처럼 간직하려고 스스로 다짐하고 노력한다. 노

화 현상을 기워 주려 애쓰고 있는, 아내의 보살핌에 짠한 마음이 둥지
를 튼다.

# 당신은 나에게로 나는 당신에게로

아득히 먼 옛날 당신은 나에게로 나는 당신에게로 달려가서 청평 호숫가의 달빛 쏟아지는 하얀 자갈밭을 둘이서 걸었는데 그처럼 아름다웠던 우리가 오랜 세월을 함께 살았는데 너무 사랑해서 밉다가 너무 사랑해서 싸우다가 너무 사랑해서 웃다가 너무 사랑해서 울다가 세월의 주름살이 몰래 굵어져 우리 둘을 더 단단히 얽어매었는데 내 등 뒤에서 참 낮아지려 애쓰던 당신 이제는 내가 더 낮아지려 내 스스로에게 기도하고 있습니다. 낮아진 우리 머리 위로 자식들이 두 개의 별처럼 돋아나 빛나고 있습니다. 가슴속에 빛나는 두 별과 함께 하며 아득히 먼 옛날 한국관광공사에 근무하던 총각 시절 내가 쓴 편지를 지금 끄집어내어 너무도 다정했던 추억을 다시 더듬어 봅니다. 당신이 쓰던 경대의 서랍 속에 나의 편지는 풀잎 위의 반딧불처럼 빛나고 있었습니다. 이렇게 적혀 있네요.

그대, 지금쯤 무사히 도착하여 꿈나라에서 휴식을 취하고 있을 테지요. 그러나 나는 책상에 앉아 젊은 베르테르의 편지를 쓰고 있어요. 숨을 죽인 듯한 서울 가회동 한옥 하숙집, 고요 속의 풀벌레 울음소리가 흐르는 물소리 같네요. 아니면 나의 귀가 당신의 숨소리에 공명하고 있는 것인지 종잡을 수 없구려. 파도가 들려주는 바다의 전설에 귀 기울이는 소라의 껍질처럼 혼자서 이 밤을 지새우고 있습니다. 우리는 흰 눈을 맞으며 아산 현충사 뜰에 쌓였던 눈길을 처음 함께 걸었지요. 그 기억이 사라지기 전에 천년이 흐른다 해도 새는 언제나 노래합니다. 카나리아는 언제나 카나리아의 노래를 들려주지 않겠소. 삼라만상이 잠들고 나 혼자 이렇게 남아 밤의 세계에 느끼는 내 존재의 인식을 행복감에 교차시키고 아집과 초조했던 일상을 허물어 버립니다. 지금 당신은 깊이 잠들고 나의 사랑은 밤의 수밀도처럼 익어 갑니다. 전등불 빛이 나와 함께 잠들지 않고 나를 지키고 있습니다. 당신을 위해 쓴 시 〈나비의 꿈〉을 암송합니다.

## 나비의 꿈

들꽃처럼 사랑했던 당신
늘 내 곁에 있네요
솔향마을 언덕 위에 지은
하얀 집 함께 살다가
시간이 우리를 둘로 갈라놓으면
젊은 날의 사랑과
꿈틀거렸던 그 수많은 연민들
가슴 깊숙이 묻어두겠지요
어느 한쪽 그렇게 남아
이 세상 살다가

곁에 없다는 생각의

기력마저 다 마르는 날

우리는 우리는

멀리서 손짓하는

한 송이 꽃으로 피고

기쁨 한가득 입에 물고

거기 날아가는 한 마리 나비 되겠지요

사랑하는 이여

오랜만에 먼저 잠이 든 당신 얼굴은

고요한 호수이라서

우리 처음 만났던 청평호수의

물결무늬 나 혼자 매만지다가

밤의 여로 쉬어가는

토막 잠에 기대어

나비의 꿈을 꾸었네요


    달빛이 사랑하는 우리 집 뒤 언덕 위 사색을 위한 작은 쉼터에서 당신의 고마움을 생각합니다. 당신의 다정함은 내 가슴 속 흐르는 강물이어서 바다의 꿈 실은 행복입니다. 이 마음은 귀 트인 흰 돛배 한 척으로 온유하고 넉넉한 그 강물 위에 미소 머금고 떠 있습니다. 당신 곁에 다가서면 모든 막힘 뚫리고 함께 걷노라면 이 세상 맺힘 다 풀리오니 가슴 깊은 곳 이어지는 강물로 흐르는 당신의 그 정 묻은 사랑 때문입니다.

## 가을을 남기고 간 사랑

저기 저 가을을 사랑할 줄 아는 사람이 없다면 단풍 물든
이 아름다운 계절은 누구를 사랑할 수 있었을까.
연인들이여, 사랑하는 그 마음 붉게 물들었습니다.

# 간이 맥주집 까망

경남 창원의 도시 반림동 아파트 한 모퉁이에 '까망'이라는 작은 맥주집 하나가 있었다. 그 지역에는 새로 신설된 고등학교가 있었다. 이학교 교사들이 퇴근 시간이면 이곳에 자주 들러 맥주만 마시는 게 아니라 교육에 얽힌 그리고 교육을 이끌어 가는 주체와 객체들의 얽히고 설킨 때로는 고소하기도 하고 때로는 씁쓸하기까지 한 뒷이야기들을 나누곤 하는 곳이었다. 지금은 공룡처럼 눈을 부라리며, 부질없이 반추하는 지난 아픔의 망각을 강요하고 있는 노블파크아파트 떼들이, 빈곤의 풀 뜯어먹으며 들소처럼 모여 살던 반송아파트를 완전히 몰아내었지만 그날 그 자리 한쪽에 붙어 있던 추억의 요람이랄까, 그 까만 쉼터 하나는 그 학교 초창기 교사들의 가슴에서 떼어낼 수가 없다. 그때 그들은 젊음을 태우는 불길이었다. 스물여덟, 스물아홉 등 삼십이 채안 된 고만고만한 젊은 교사들이 야간 자율학습 지도 등 교육에 전심전력을 다하며 밤늦게 퇴근하자마자 자주 이 까망으로 또 한 번의 출근을 한 것이었다. 깊어 가는 밤 이야기들이 모닥불처럼 타올랐다.

잠시 교직 생활의 낭만을 단맛으로 즐기던 오순도순했던 우정의 모퉁이를 돌아 우리는 지금 너무나 먼 길을 걸어왔다. 그때의 이야기 불꽃 하나가 다시 튀어 오른다. 신임 교사인 그가 첫 출근 하는 아침, 교실 창밖을 내다보는 1회 아이들의 수군거리는 말이 귀에 걸려들었단다. 새로 나타나는 이 신임 교사를 두고 "강아지 한 마리 또 온다."라는, 앞으로 자기들에게 짖어댈 강아지라는 그들만의 언어이었던 것이다. 수십 년을 훌쩍 뛰어넘는 긴 세월이 흘러간 지금 아이들이 수군거렸던 그 말 한마디는 유난히 붉은 이야기의 불꽃으로 아직도 사그라지지 않고 있는 것이다. 스승의 그림자도 밟지 않는다는 스승의 길, 그 종말이기보다는 무서운 시작을 일깨워 주었던 순간이었을 것이다. 이야기의 모닥불 위로 튀어 올랐던 그 불티 하나가 가슴에 두고두고 영원한 불씨로 남아 매일 저마다 교직의 새벽을 열어 왔었던 것이다. "매일 그대 내부의 혁명을 단행하라." 앙드레 말로의 경종이 교회 종소리처럼 멀리서 들려온다. 물론 혁명革命의 혁자는 가죽의 뜻이다. 짐승의 가죽을 벗길 때 그 아픔이 뒤따르는 것처럼 앙드레 말로는 그 아픔을 딛고 매일 새 지평을 열라는 권고를 한다. 신임 교사는 그 가슴 아팠던 첫걸음이 자기 다짐과 혁신의 단초가 되었던 것이다.

나는 밀양시 초동면 검암리 곡강 언덕에 작은 전원주택 한 채 지어 이사한 지 두 달이 되었다. 처음엔 다들 꺼려 했던 그곳에 고독한 행복을 찾아갔다고 얼버무릴까. 매일 아침 곡강 동쪽에 트이는 새벽을 맞이한다. 시뻘건 피가 낭자해 있는 듯한 동녘 하늘이다. 변화 속에 생명의 피가 흐르고 있다는 자연의 귀띔인 것 같다. 내가 손수 지은 원두막에 〈徙心亭사심정〉이라는 팻말 하나를 포에지 창원《시향》 동인들이 걸어 주었다. 이사 자주 하는 마음을 들여다본다는 의미 전달인 것이다. 어머님과 함께 이 집 저 집 싼 월세방 찾아 자주 이사하기도 했지만 한 차원 더 나은 직장의 기회가 주어지면 받아들여 자주 직장을 옮긴 것은 젊은 시절의 운명적 삶의 궤적이기도 하다. 그러나 이사라는 변화를 모색할 때 새로움이 싹트고 발전의 길이 열려 왔다는 응원의 이 글을 받아들여 이사 자주 해 온 마음을 달래고 있다. 신임 교사로 하여금 변화를 다짐하게 해 주었던 아이들의 한마디 "강아지 한 마리 또 온다."가 숲속의 아침을 여는 새소리처럼 맑게 들려오고 있다.

# 삐뚤어진 편견에는 교만이 깔려 있다

시장이면서 국제펜클럽 지역위원회 회장에게 보낸 이 메일을 장롱 속에 오래 간직하고 싶었다. 보내 준 수필의 언어마다 진실의 낱알로 와닿았다는 나의 고백이 숨어 있었기 때문이다. 그가 보내 준 수필집을 펴 보지도 않은 채 오랫동안 밀쳐놓았다가 뒤늦게 우연히 처음부터 끝까지 다 읽게 되었다.

시문학 동인들이 모여 가끔 이런 이야기들을 한다. "시집보내지 말자."라는 말이다. 혼사로서의 시집媤집이 아니라 시집詩集을 아무나에게 보내지 말자라는 것이다. 쓰레기통에 버린다는 조소이다. 필자의 선입견은 이것과는 거리를 두고 있다.

그의 수필을 읽으면서 삐뚤어진 편견에는 교만이 깔려 있다는 생각을 새삼스레 하게 된다. 시장이라는 대중적인 직함이 문학과 동행할 수 있을까라는 편견이 이 분의 이름을 만날 때마다 문학의 반열에서 몰래 뭉개어 버리곤 했다. 명예를 장식하기 위한 욕망쯤으로 '거저 그렇겠지.'라는 딱지를 붙여 밀어내 버리곤 했던 것이다. 우리들의 삶에서 문학의 보석 알은 외롭고 먼 곳에서 진실을 캐내려는 사람을 기다리고 있는 것이 보편적 통념으로 받아들여지고 있으므로 대중적인 호감의 겉옷을 즐기려는 사람이 수이 도달할 수 없다고 믿고 있었기 때문이다. 그러나 우연히 그의 작품을 읽어 나가면서 감동과 연민과 믿음을 빨아들이는 존경심이 진하게 우러나왔다. 한 여름날 계곡의 개울 물소리처럼 내 마음을 집요하게 끌어당기는 바로 그 마음속으로 살아 흘러내렸다. 아니, 계속 흘러내리고 있다. '거저 그렇겠지.'가 아니었다. 나의 미안함이 역류해 올라왔다. 오만을 먹고 사는 편견의 죄를 지고 문학 동네를 걸어가야 했기 때문이다.

피부색이 검고 뜨거운 아프리카 숲속에서 원시생활을 하며 살아가는 인간을 마치 짐승같이 생각하는 오로지 자기중심의 오만이 저지르는 편견으로 흑인들을 사냥하듯이 잡아 노예상선에 싣고 가던 선장의 이야기이다. 파도에 휩싸여 죽음 직전에 처해 있던 자신을 잡혀가던 흑인들이 바다에 뛰어내려 생명을 구해 준 데 대한 놀라운 은혜를 노래한 〈어메이징 그레이스〉는 오만을 먹고사는 편견과 그 뉘우침의 메아리로 들려오고 있다. 잡혀가는 흑인들은 노예 장사꾼이 갖추지 못한 자연의 정직성과 자연과 더불어 사는 그리고 인간과 더불어 사는 지혜와 너그러운 관용을 가지고 있었기 때문이다. 은은한 이 노래의 울림이, 편견은 교만을 먹고 사는 사람들의 한 가닥 삶의 길목에 깨우침을 밝히는 등불로 지속되기를 바라며 명상에 젖는다. 오만을 깔고 있는 편견은 인간에 대한 죄를 범하는 것이다. 가끔 나는 내가 부는 색소폰의 은은한 음률로, 이 노래의 울림을 푸른 하늘에 종종 깔아 놓기도 했다. 그러나 파란 하늘과 흰 구름과 산들이 펼치는 자연의 아름다움과 평화에 대한 무한 사랑의 편견을 그 누가 헐

뜯고 증오의 눈길을 보내겠는가. 선함과 정직과 진실과 아름다움의 편견에 대한 사랑을 끝없이 가꾸라는 믿음이 서산 하늘의 붉은 저녁 노을로 깔리고 있다.

# 행복의 단맛을 땀으로 일구어 내다

나는 영락없는 퇴직 백수이었다. 이런 백수에게 연금이라는 명목으로 누군가 매달 날짜 한 번 어기지 않고 일정액을 통장에 꼬박꼬박 꽂아 넣어 준다. 직장 생활 열심히 노력해서 매달 꼬박꼬박 미래를 준비한 결실이기도 하지만 때로는 이유 없는 미안한 생각까지 들기도 한다. 할 일 없는 나는 개미 시절이 가끔 생각이 나기도 한다. 하지만 흔히 떠도는 말로 삼식三食이라는 속어의 별칭을 가진, 매일 놀면서 먹는 것만 삼시 세끼 챙겨 먹는 자신의 모습이 초라했는지 놀고 노래 부르는 늙은 베짱이의 즐거움에 현혹되고 말았다. 고독의 땅에 열병처럼 몰아닥친 색소폰 소리에 감염되고 말았다. 그렇다. 무료함을 잠재우는 에테르 같은 소리의 미감을 즐기자고 하는데 그 누가 그것을 꼬집겠느냐마는 제 분수를 모르고 우쭐대기 시작하는 엇박자의 행보를 스스로 멈칫하다가도 멈추지 못한 것이다. 까불기 시작했다 할까, 색소폰 운지도 겨우 익힌 주제에, 친구의 권유로, 공공 행사에 나가 합주를 시도한 것이다. 가난한 자에게는 위압감을 느낄 정도의 한 매머드 빌딩의 교회에서 무모한 색소폰 흉내를 선사한 것을 시작으로 중학교 동기회와 고등학교 동기회에서 어설픈 흉내를 띄엄띄엄 이어 온 것까지는 좋았다.

이번에는 교회 내의 노인 대학에서 위문 연주를 해 달라는 제의까지 받은 것이다. 나를 향해 혼자 계속 방백하고 있었다. 원숭이 같은 흉내 이제는 그만해야지. 히말라야 준봉을 정복한 산의 사나이처럼 제 분수를 정복하고 흉내를 극복하려는 열기가 뜨거웠다. 그래 그 열기 속에 나이 들어가는 것만큼 비대해지는 외로움을 녹이고 있는 것이었겠지. 이 방백을 왜 하고 있었을까? 혼자로 움츠러드는 황혼기의 고백 같은 나의 이야기(나 왜 이러지? 자꾸 까부는 것 같아!)에 슬픔이 한가득 묻어 있었다. 음악으로 살아가는 하나의 긍정적인 방편을 부정으로 받아들이며 계속되는 나의 얼룩진 슬픔을 닦아 내려고 이런저런 생각에 기웃거리다 나름대로 청주시 북촌을 사랑하는 대지 위에 빨간 사과나무를 가꾸며 비지땀을 흘리는 자기만족이었다. 그 비지땀으로 행복감을 적시게 된 것이다.

토마스 데커의 시 〈행복한 마음〉이 잘 말해 주고 있다. 이 시는 세속적인 부자보다는 부족하지만 자족하며 정직한 노동에 가치의 무게를 두자는 작품이다. 부유함 가운데 살고 있지만 그것은 껍데기일 수 있다는 자각이 있을 때 달콤한 만족을 맛본다는 것이며 삶에 대한 부족의 짐을 질 때 달콤한 행복을 얻을 수 있다는 설득이다. 부족하다는 느낌을 가질 때 사실 그는 아무 짐도 지고 있지 않는 것이며 아무 부담이 없는 자기는 스스로가 왕이 된다는 것이다. 그리고 부족함 속에 일을 하라는 것이다. 일은 행복의 동력이다. 물론 노인에게는 과도한 일은 피해야 하나, 일을 함으로써 나를 찾는 나의 얼굴에 사랑이 꽃피게 된다고 말하고 있다. 그것은 자신은 물론 이 세상을 밝게 행복으로 바꾸어 갈 것이라는 가르침을 던지고 있다. 일의 달콤한 만족! 아무리 강조해도 부족한 현대인을 향해 데커가 우리 자신의 진정한 행복을 바라보라는 이 영시를 나름대로 번역해 놓는다.

## 행복한 마음

토마스 데커

그대 가난할지라도 금빛으로 잠들겠지
오, 달콤하리라
그대 부자일지라도 마음이 불편하겠지
오, 형벌이어라
바보들이 늘려가는 돈에 광분함을 보고
그대는 비웃고 있지 않는가
오, 달콤한 만족! 오, 달콤한, 오, 달콤한 만족
빨리 어서 빨리 일하라
정직한 노동은 사랑스러운 얼굴을 낳는다
그때 어이, 여보게, 어이, 여보게 즐겨 소리치며
산뜻한 샘물을 마실 수 있겠지
오, 형벌이어라
부유함 속에 헤엄치고 있어도 자신의 눈물에 젖어 있네
오, 달콤한 만족이어라

끈기 있게 짐 지기를 원하는 자는
아무 부담이 없어 왕이로소이다, 왕이로소이다
오, 달콤한 만족, 달콤한, 오, 달콤한 만족
빨리, 어서 빨리 일하라
정직한 노동은 사랑스러운 얼굴을 낳는다
그때에 어이 여보게, 어이 여보게, 즐겨 소리치네

　나는 이 시를 음미하면서 행복의 단맛을 땀에서 일구어 내는, 다시
느끼는 새로운 만족감이다. 노력한 만큼 거두는 일의 진실에 빠져들면
서 삼식이의 비운을 걷어 내는 내 삶의 한 모퉁이였다.

우리 사과밭 〈詩夢苑〉 제일 윗쪽 전망 좋은 곳에 원두막 하나 짓고 싶었다. 5백만 원 더 좋게 지으려면 8백만 원 요구한다. 돈의 가치가 훼손당하고 합리성이 짓밟히는 순간, 아니야, 그 돈 너무 아깝고 내가 직접 지어 보려는 생각이 모락모락 연기처럼 피어올랐다. 아들이 한 번 내려와서 그 무거운 기둥 옮기는 것 도와준 것 외에는 혼자 힘으로, 20만 원의 경비로 투박하고 부족하지만 적어도 내가 느끼기에는 그리스 신전 같은 나의 원두막을 건설했다. 산에 버려진 나무를 옮기고 서까래 몇 개는 산 소유주의 허락을 받아 키 큰 나무 두 개를 베는데 혹시 불법 도벌이 아닌가 겁도 났다. 앞에 원형으로 쌓아올린 돌은 밭에서 버려야 할 돌들을 재활용 처리했다. 사과 농사는 뒷전으로 하고 원두막에 혼이 빼앗겼다는 집사람의 핀잔을 감수하며 꿈을 실현에 옮긴지 두 달 만에 드디어 완성했다. 불가능을 가능으로 바꾸어 놓은 성취감, 희열의 극치를 맛보다.

# 집으로

이 세상 살아오면서 작은 것이든 큰 것이든 많은 사람들의 도움과 베푸는 덕으로 어려움과 고통과 불행의 덫에서 벗어나 희망의 햇빛 눈 부신 초원을 만난 기억들이 떠오른다. 그분들을 위하여 나도 무엇인가 실천해야겠다는 뜻을 차일피일 미루면서 내 마음 스스로의 약속을 실천하지 못해 왔다. 은혜를 배신하지는 않았으나 받은 것에 대하여 되돌려주는 미덕을 잘 가꾸지 못한 것이다. 숨 가쁘게 살아온 하루하루의 일상이 그 은혜를 망각의 늪으로 수장시켜 버린 셈이다. 은혜를 갚아야 한다는 마음, 그 영혼의 집으로 이 글을 업고 간다. 사죄하는 마음으로 아래의 글을 엮었다. 폐차 직전의 소형 화물차 라보가 일하는 상징적인 의미는 은혜에 대한 보답의 강한 의지와 실천이기 때문이다. 나의 두 번째 시집《지산나박실》에 실려 있는 산문시가 있다.

나의 삶의 한 모퉁이, 충북 미원면 계원리 한 산자락에서 사과밭 하나를 가꾸고 있었다. 솔직히 돈의 탐욕도 조금 묻어 있었지만 퇴직 후의 예상을 넘어서는 고독감과 사회생활의 괴리감을 감당하기가 녹록하지가 않았기 때문이다. 이 심리적 치유를 위한 목적을 위하여 사과나무를 키워 사과를 수확하는 과정의 심리적 카타르시스에 도취해 있었다. 사과밭을 가꾸기 위해 친구로부터 중고 소형 라보 한 대를 사 황

소처럼 일시키며 함께 지내면서 말 못 하는 화물차의 속마음을 엿볼
수 있었다. 〈집으로〉의 시는 다음과 같이 펼쳐진다.

## 집으로

폐차 직전의 단종 꼬마 화물차 한 대를
친구로부터 받았다. 사탄과 같은 이 낡은
중고차를 왜 샀느냐며 나의 우둔함을
저울질하는 말들이 잡초처럼 무성하지만
착하디착한 라보의 마음 한 페이지를
몰래 들여다본다.

이 손에서 저 손으로 팔려 다니면서 일한 만큼 주는 밥이
거저 고마울 뿐이었어요 스쳐 가는 시간에 할퀴어 온 몸
이 해어진 나를 그가 행복의 집으로 데리고 왔어요 그러
나 죄 없이 고난받았던 예수처럼 가슴에 못 박는 말의 핍
박을 사람들로부터 받았어요 늙은 나를 버리지 않으면
모든 것을 잃게 되리라는 종말론의 못이었어요 아무도
원망하지 않았지만 잔인한 대못을 슬퍼하지 말라는 그
의 뜻대로 살아가고 있어요 한 번도 그의 명령을 불평하
거나 거역한 적이 없어요 아픈 대못에 드리운 잡념의 거
미줄을 걷어 내고 이제는 빨간 사랑의 시를 가꾸는 사과

밭 비탈에서 죄의 짐 아닌 행복의 짐 나르는 일이 즐거운
일상이 되었어요 그는 불을 훔친 죄로 바위에 묶인 프로
메테우스 생각에 잠겨 있어요 문명의 밧줄에 매여 소달
구지 소리 늘 그리워하는 그를 위하여 오늘도 시심 묻은
그의 농자재를 싣고 덜컹거리며 시골길을 뛰어가고 있
어요 사랑이 익어가는 달콤한 시 한 알 한 알 가꾸는 내
아버지의 믿음으로 가고 있어요

위의 산문시 〈집으로〉는 실체적 집이기도 하나 이 언어의 껍질을 한
겹 벗기면, 인간성의 고귀한 본질로 되돌아가자는 함축성이 숨어 있는
것이다. 은혜를 저버리지 않는 인간의 도리, 그 인간의 집으로 찾아가
는 길을 내팽개치지 않도록 하라는 말씀이 하늘에서 들려온다. 은혜의
보답을 넘어서, 인간으로 태어나서 인간답게 살아가는 처신이야말로
시詩의 사과밭 중고 꼬마 화물차가 일러 주는 교훈, 아이러니한 찔림으
로 와닿기 때문이다.

# 결혼하는 딸아이에게 보내는 아버지의 마음

딸아이의 결혼 날짜를 잡았다. 우리 내외는 자식들을 키운다는 의무감이라면 의무감이 될 것이고 사랑이라면 사랑이 될 그 도가니 속에서 자식들을 위한 묵은 김치처럼 삭아 왔다. 나의 머릿속에는 아직 세 살배기 어린애로 또닥거리는 우리 아이가 나이 30이 넘었으니 흐르는 세월이 너무 경박스럽기도 하지만 그 30이라는 숫자가 중나리 꽃송이처럼 피어 있다. 내 어린 시절 소먹이 고향초에 떠오르는 경남 고성군 상리면 척번정리 내답산 오르내리던 산길 가에 피어 있던 아름다운 그 꽃은 살아온 인생의 발자국처럼 한 점의 추억으로 남아 지워지지 않고 있는 꽃이다. 산 언덕배기에 유별나게 선명한 주황빛깔을 띤 그 꽃은 초록 일색인 늦여름철의 만산에 번지는 소리 없는 미소를 띠고 있었다. 모든 꽃들이 다 마찬가지이겠지만 그 미소 뒤에는 땅을 뚫고 나온 그리고 비바람을 이겨 낸 아픔과 인내와 곧은 의지를 숨기고 있는 혼자만의 고고성이었다.

딸아, 이 애비의 그리운 고향 산마루에 피어 있던 중나리꽃처럼 바로 내 앞에 네가 피어 있다. 의술醫術의 꽃을 피우기까지 기나긴 어려운 과정을 거쳐 온 지금, 너의 의술이 아픈 자들을 위한 미소가 되고 인술의 향기를 이 세상에 퍼뜨려 주기를 바란다. 새 가정을 꾸리는 너에게 사랑만큼 진하고 절실한 게 더 없는 것이다. 비록 새 출발이 물질적으로 얼핏 한없이 낮아 보이고 왜소한 까치집으로 서글픈 눈빛이 찾아들지 모르나 공허한 껍데기들을 우러러볼 이유는 없다. 아래에 펼치는 아버지의 시를 읽어라. 그리고 셰익스피어의 숭고한 사랑 이야기를 흠모하여라. 가끔 경박한 재물로 인해 형제들이 저지르는 핏빛 앙금이 진실로 우리를 슬프게 하기도 한다. 화려하지 않고 옹색해 보이지만 예쁘고 소박한 그 집에 사랑의 부를 빼곡히 쌓아서 진정 그 생명의 부를 쌓아서 이 세상 새로 찾아올 네 주니어에게 상속시켜 주기를 바란다.

## 눈 바래기

내 딸아
아픔 치유하는 일 힘들고 지칠 때
이 세상 모래알같이 많은 사람들 중
아기 곰 인형 가슴에 꼭 안고 너를 향해
어두운 밤 가르는 먼 길 달려왔던 오직 한 사람
그의 다정한 손잡고 있는 네 행복의 빛깔이
초원 위에 뿌리는 아침 햇살처럼 눈부시다
눈망울이 맑아서 눈망울로 서로 만났으니 그래
둘이 하나이고 하나가 둘이 되어 꿈 밭으로 가거라
눈 바래기하는 나는 기도하는 마음 움켜쥐고
병풍산 둘러서 있는 지산나박실 고요의 호수 위에

아버지라는 너를 향한 조각배 되어
솔수펑이의 솔숲에 둥지 트는 두 마리 산새같이
바람결에 너와 그의 사랑이야기 묻어오면
다른 것에는 다 눈멀고 귀 먹으련다
저 하늘 보이지 않는 끝까지 사랑 쌓아 가거라

# 생존을 위한 마지막 보루라는 것

지구 저편에 있는 고대 그리스 가정에서의 여자의 지위는 어떠했을까. 우리 사회의 옛 여성들과 매우 흡사한 점들이 있거니와 지금 매춘 행위를 놓고 열띤 논쟁이 벌어지고 있어 생각해 본다. 그리스 가정의 여자도 이 세대 이전의 우리 어머니들처럼 남편을 섬기고 아이를 양육하는 데에 국한되어 있었다. 보다 진지하고 지적인 남편의 생활양식과는 거리가 멀었을 뿐만 아니라 물론 그들 자신의 재산을 소유할 권리조차 허락되지 않았던 것은 우리의 옛 어머니와 다르지 않다. 마찬가지로 일생 동안 아버지나 남편 아들 등 남성들의 그늘에 살았으며, 결혼은 통상 계약에 의해 이루어졌으므로 이처럼 독단적 유형의 결혼으로부터 로맨틱한 만족을 얻는 경우라면 그것은 매우 이례적이고 성공적인 경우였다. 반면에 그리스 남자들에게는 창부 제도가 일반적 생활 개념으로 심지어 존중받을 만한 개념으로 받아들여지고 있었다 한다. 이 점에서는 남녀 불평등의 모순점으로 와닿는다. 우리나라도 이런 차원과는 달리하는 남창들이 징그럽게 득실거린다는 소문을 들었다. 가슴을 억누르는 느낌으로 와닿았다. 하지만 둘 다 건전 사회의 근본 틀을 훼손시키지 않는 정도에 머물고 있는 것이다. 원초적인 본능을 제어할 수 없이 우리 사회가 본능의 삐뚤어진 혼란으로 치닫는다면 인간은 파멸의 벼랑으로 달려가는 브레이크 없는 화물차와 다름없지 않겠는가.

아테네인들이 기본적으로 높은 도덕적 생활을 하고 있었지만 그 도덕성은 혼외정사 행위를 금지하지는 않았던 것이다. 다만 이 혼외 행위는 고급 매춘부에게만 한정되어 있어서, 만약 간음한 가정부인이 이러한 불륜이 발각되면 즉시 이혼당하고 영구히 그 불명예를 안고 지내야만 했다. 비록 아테네인은 아니지만 이 불명예를 안고 지낸 좋은 예는 나타니엘 호손의《주홍글씨》에 등장하는 헤스터 프린이다. 목사와의 불륜으로 태어난 아기를 안고, 수많은 사람들의 저주를 받으며 형벌대 위에 서는 고통과 가슴에 간음한 여자라는 표시의 리본을 달고 평생을 살아야 했던 불운의 한 여인이다. 고대 그리스에서는 또한 남자가 이웃 아내와의 성희롱 행위로 알려지면 동료는 물론 사회로부터 버림받는 신세가 되기도 했다. 이러한 엄격한 사회적 기준들 때문에 아테네의 가정생활을 안정되게 유지시켜 나갔다고 한다. 짐승이 아닌 인간으로서의 삶의 자세를 잃지 않으려는 지향성이었다. 대체적으로 아테네 남성은 그의 아내와 아이들을 사랑하고 법으로 보장한 혼외관계의 경우도 매우 건전하고 절제하는 태도였음으로 매춘부를 찾는 행위도 꼭 성적 탐닉을 위한 것만은 아니었다고 한다. 왜냐하면 이들 여자들 중 많은 여자들이 우리의 황진이처럼 매우 아름다웠을 뿐만 아니라 매력적이고 교육을 잘 받았던 여성들이었기 때문이다. 이들 중에는 아스파시아라는 매춘녀는 페리클레스왕의 정식 부인이 되어 이 도시의 지적 정치적 생활에 막강한 권력을 행사했다고 한다. 당시 소크라테스도 이 여성에의 지적 풍요성에 큰 찬사를 보내기도 하였다 하는데, 이 땅에는 낯선 장면들이 벌어지고 있다.

매춘부들이 생존권을 내걸며 떳떳이 거리로 뛰쳐나와 집단 시위를 벌이는가 하면, 매춘녀가 T.V.에 직접 나와 매춘의 당위성을 주장하는데 매춘 행위의 금지법 위헌 소청을 한 장본인이 대담하게 등장한 것이다. 성이라는 본능적인 욕구는 사랑의 조건으로 은밀히 하라는 창조주의 암시를 잘 알고 있는 우리로서는 선뜻 받아들여지지 않는다. 그 도구들을 육체의 가장 은밀한 곳에 배치시켜 놓은 창조주의 의도를 헤아려야 한다. 세상의 질서와 맞닿아 있는 것이다. 그런데 외고 펴고, 신과 인간의 질서를 훼손시키는 몸을 파는 이 행위에 대한 금지의 위헌 소지를 두고 T.V. 토론까지 벌이고 있는 것이다.

매춘녀를 두둔하는 여자 한 분과 남자 한 분의 변론의 요지는 이러하다. 생존을 위한 마지막 보루라는 것이다. 그것 말고는 먹고 살 길이 궁지에 내몰린 여성들이라는 것이다. 설득력이 빈약하게 들려온다. 더 나아가 노동의 대가라는 것이다. 지금 우리 사회는 노동 조건과 임금이 열악하지만 얼마든지 일할 수 있는 곳이 많이 있다. 얼마 전 서울에 갔을 때 이곳저곳 식당에 나붙은 일할 분을 구하는 글귀들이 자꾸 눈에 들어왔다. 굳이 식당이 아니더라도 조금 힘들지만 그리고 다소 저임금이지만 먹고는 살 수 있는 일자리가 얼마든지 있다. 생산성 있는 노동으로 인간의 가치를 지키며 자기 삶을 한 계단씩 발전시키려는 땀

흘리는 노력과 거룩한 의지의 씨앗을 우리 사회와 청소년들의 영혼 깊숙이 뿌려야 할 지도자급의 인사들이 인간 가치와 사회 윤리를 마비시키는 윤락 행위를 옹호하는 발언을 쏟아 내는 것은 납득이 쉬이 가지 않는다. 만약에 그들의 딸이 생활고로 힘들어 할 때 몸을 팔아 노동의 대가를 받고 이 세상 편히 살아가라고 부추길 것인가. 아니면 지금은 힘들어도 더 인내하며 더 열심히 일하면서 밝은 미래를 향해 보다 인간답게 살도록 노력하라 할 것인가.

'매춘을 생활의 수단으로!'라는 저 붉은 깃발을 올리는 이 나라의 한쪽 모습을 본다면 소크라테스는 과연 어떤 찬사를 보낼까. 비록 가난으로 핍박당하고 있을지라도, 거의 모든 사람들은 신이 내린 원초적 본능과 생명의 존엄한 근간을 세속적인 돈을 핑계로 파손시켜서는 안 된다는 판결이 어지御旨처럼 내걸리기를 바란다. 혼돈의 벌판 위에 찬 서리가 내리고 있다.

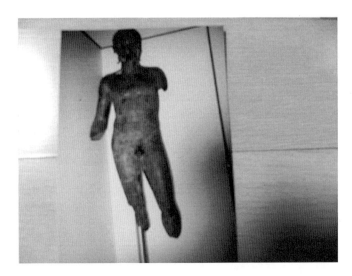

인간 망가짐
그 위험의 중심에

# 신의 마지막 축복도 받지 못한 사람

호킹즈는 전신이 마비되는 희귀병인 루게릭 질병을 앓고 있으면서도 세계적인 우주 물리학자가 된 사람으로 잘 알려져 있다. 필자가 영국 케임브리지에 체재하는 동안 수녀가 밀고 가는 휠체어에 구부러진 몸을 맡기고 있는 그를 몇 번 만난 적이 있다. 전신을 꼼짝 못 하는 그는 물론 말할 수도 없으므로 목에 특수 장치를 하여 필요한 생각을 하면 그 파동이 전달되어 글로 쓰이어지므로 자기의 이론을 정리한다는 믿기 어려운 이야기를 전해 들었다. 그를 보는 순간 온몸이 굳어지는 느낌이었다. 내가 이루지 못한 꿈을 구질구질한 변명으로 늘어놓아 온 것에 대하여 나의 부끄러움이 엄습해 왔기 때문이다. 그의 불굴의 정신 앞에 무릎을 꿇고 기도하는 마음이었다.

그의 글에서 밝히고 있는 주관을 살펴보면, 생각을 바꾸거나 깊이 사색하면 그만큼 세상은 넓어지고 풍요해지고 행복해지는 진리를 깨우쳐 주는 대목이다. 보석같이 빛나는 단음절로 와 닿는다. 스티븐 호킹즈 박사는 이렇게 말하고 있다. "만약 내가 불구가 아니었다면 강의하고 점수 매기는데 너무 바빠서 내 연구를 제대로 할 수 없었을 것이다. 루게릭병이 나를 이론 물리학자로 만들었다." 그렇다. 그러나 그의 의지에서 나온 것이지 이 병이 결코 신의 축복을 의미하지는 않는 것이다. 오히려 그 정 반대이다. 죽음에 직면한 환자들에게 대한 마지막 축복은 의식을 없애 줌으로써 죽음에 이르는 고통을 차단시켜 주는 일이다. 그렇다 우리는 죽음을 평화롭게 받아들임으로써 소녀의 홍조 닮은 저녁노을이 펼치는 순간의 아름다움 같이 삶의 마지막을 남기며 자연으로 되돌아갈 것이다. 그러나 신은 루게릭이 환자에게 마지막 축복을 내리는 것을 잊어버렸음에 틀림이 없다. 마지막 순간까지 이들은 감각들을 잃지 않는다.

이처럼 우리의 마지막 날 고통을 제거하는 의식 불명을 신의 마지막 축복이라 한다. 신의 마지막 축복마저 얻지 못하는 질병을 호킹즈는 딛고 일어섰다. 신의 야속함을 아예 탓하지 않았다. 인간 고통의 치유가 불가능할 때 완전한 치유의 죽음을 신이 내려 주지 않는다면 그 얼마나 끔찍하겠는가라고 반문하고 있을 우리 앞에, 호킹즈는 고개를 끄덕이며 순응하지 않는다. 신이 지켜보는 삶의 존엄을 타일러 주고 있을 뿐이다. 호킹즈 앞에 나는 고개를 숙이지 않을 수 없다. 건강의 자유 다 누리면서 하루하루를 거저 시간의 강물 위에 떠내려 보내고 있는 나의 현재가 너무 부끄럽다. 신의 눈빛을 의식하며 가치 창조를 위한 사색과 일상을 일구어 나가는 삶의 노력을 더하여 나를 되찾아야 한다.

# 미워도 사랑하는 안경

생로병사, 신이 내린 인간의 운명이다. 어김없는 이 삶의 과정을 밟고 있는 자체를 비극적으로 단정해 버리면 우리는 얼마나 슬픈 존재일까. 어디로부터 이 세상으로 왔으며 어떻게 늙어 가는지 까맣게 모르고 살아온 것이 알량한 행복이었을까. 어두운 그림자가 기어오고 있다. 막베드가 '인간의 삶은 걸어가는 그림자'라 했는데 땅거미처럼 기어 오는 병마와 죽음이 인생의 그림자와 만나는 날 나의 존재는 아름다운 연기로 사라져 버리겠지. 적어도 나에게는 어둠이 태워 내는 황홀한 미래이리라.

황홀한 이 미래를 향한 안경과의 술래잡기가 매일 벌어지고 있다. 몇 년 전 한 원로 시인의 망각 증세가 시인들의 입에 회자되고 있었던 말이 생각난다. 그때만 해도 아직 젊음이 싱싱했던 나로서는 늙음에 대한 무의식적인 가벼운 멸시가 웃음 속에 불그스레하게 배어 있었던 것이 사실이다. 김 모 시인이 안경을 쓰고 서둘러 식당에 전화를 하더라는 이야기이다. "나 거기 식당에 안경을 두고 왔는데 좀 찾아보시오." 그는 서둘러 죽음의 꼭짓점으로 걸어가고 있었던 것이다. 안경에 대한 이야기는 나에게로 선회한다. 매일 금시 벗어 놓은 안경을 찾느라 부산하다. 아니 헤맨다. 얼마 전의 일이다. 야트막한 산에 가벼운 등산을 한다. 바위에 걸터앉아 모자를 벗은 후 쓰고 있던 안경을 머리에 걸치고 잠시 휴식을 취한다. 모자를 쓰고 산을 내려온다. 집에 도착해 눈에 안경이 없는 것을 뒤늦게 발견한다. 안경을 찾으러 산의 바위가 있는 곳으로 황급히 되돌아간다. 아무리 찾아도 안경은 없다. 집으로 돌아와서 모자를 벗을 때 안경이 망각의 뜰에 툭 떨어진다. 얄미운 안경이다. 허무감이 파도친다.

그런 내가 그제도 어제도 안경과의 술래잡기를 계속하고 있다. 자꾸 나를 놀리는 이 안경을 두 개나 사용하고 있다. 미워도 그것들이 없으면 책을 읽을 때, 장님 아닌 장님이 되는 나는 그것들을 무척 사랑하고 있다. 오늘 아침에는 안경이 나를 놀리는 도가 극에 달했다. 하도 잊음이 심해서 장소를 정해 늘 놓아두는 탁자 위에 안경이 하나밖에 안 보인다. 써야 할 다초점 안경이 안 보이고 다른 안경만이 놓여 있다. 필요한 안경을 아무리 찾아도 없다. 수상히 여긴 아내가 힐끔 쳐다보곤 "안경 쓰고 있네요!!" 찬 서리 위로 스쳐 가는 가을바람의 감각이다. 멋쩍게 웃고는 혼자 앞마당으로 나와 푸른 하늘을 바라본다. 혼자 중얼거린다. "하늘이여, 늙어 가는 내 모습이 이제야 보이는구료." 나를 희롱하는 이 늙음이 죽음의 언덕을 향해 걸어가는 나의 현재이다. 미워도 사랑하는 안경을 쓰고 있는 지금.

# 떨굴이

떨굴이, 이 말은 한참 바보라는 경상도 사투리이다. 내 어릴 적 할아버지의 별호이기도 하다. 그가 하는 일이 사람들의 눈에 늘 어리숭하고 못미덥게 비치어서 동네 사람들이 붙여 준 이름이다. 안성맞춤이라는 말이 있듯이 '떨굴이'라는 말은 그의 사고와 행동을 표시하는 언어에 딱 들어맞는 안성맞춤인 것을 오랜 세월이 지나서야 깨닫게 되었다. 어렸을 적에 가난하여 고구마와 보리밥이 주식이었던 나는 할아버지, 할머니 저녁 밥상에만 올려져 있는 쌀밥 한 숟가락 남기기를 기다렸다. 그러나 어린 눈에 먼저 비치는 것은 그가 밥에 흘리는 희멀건 콧물 한 줄기이다. 밥을 남기는 경우도 썩 드물지만 그 흘린 콧물 생각이 나서 참 오랜만에 남기신 쌀밥을 먹지 못하던 서운함이야 젊은 청춘이 애인을 잃은 서운함보다 훨씬 더하였다. 쌀밥이 먹고 싶은 어린 손자의 눈망울에 서린 절규를 한 번도 눈치 채지 못하던 할아버지의 태연함이 지금 생각하면 '떨굴이'라는 별호의 질량이었던 것 같다. 밥상을 차릴 때에도 어른이 먼저라는 절대적 가치관에 순종하던 내 어머니 삶의 한 부분이기도 한 것이다.

오늘 아침에 떨굴이 할아버지 생각이 나는 것은 내가 그의 피를 받았다는 증표를 느끼게 된다는 것이다. 지인이 준 그의 시집을 어디에 두었는지 집안 구석구석을 뒤지며 찾아 헤매는 나를 보고, 영문도 모르는 내 집사람이 내 영혼 속에 굴을 파고 숨어 있는 떨굴이의 소질을 감지하고 있는 것 같다. 그 책은 눈 깜박거리며 바로 내 책상 위에 버젓이 놓여 있었기 때문이다. 그는 사사건건 내 하는 일이 불안하고 어설프고 허공을 헤매어 어이가 없다. 길눈이 어둡기로는 세 번, 네 번 갔던 길도 다시 찾지 못한다. 헤매는 밤거리이다. 호주머니에 아무 데나 구겨 넣은 돈은 얼마를 가지고 있는지 늘 모른다. 계산기만큼 정확한 집사람의 셈법 앞에서는 늘 주눅이 든다. 물건을 흥정할 때에도 달라는 대로 불쑥 허락해 버리는 내가 며칠 전 집사람이 빌려준 신용카드를 사용하고 어디에 두었는지 모르고 허둥댄다. 한 시간 동안 찾아 허둥댄다. 무덤을 파 숨겨 놓듯이 숨겨 놓은 신용카드를 결국 찾아낸 나의 안도감에 비치는 집사람의 눈빛은 활짝 퍼진 아침 햇살이 아닌 것 같다. 나사못처럼 세상을 뚫고 비집어 들어가 안착할 줄 몰라 자신의 사회생활이 불안함은 물론 가족의 편안한 삶에 생채기를 내는 내 어리석음을 탓하는 집사람의 고통을 헤아리지 못하는 바보의 질량을 아내 아닌 그 밖의 누가 정확히 계산해 내겠는가? 알고 지낸 옛 친분의 이유 하나만을 믿고 집 지을 땅을 덥석 계약해 보니 이미 저당이 잡혀 있었다. 뿐만 아니라 건축의 준공 허가가 나오기까지 예상 밖의 훨씬 더 많은 돈이 더 들어갈 수 있다는 한 친구의 충고로 나로서는 많은 액수의 계약금은 물론, 믿었던 그 사람으로 빌려준 돈까지 못 받고 있는 뒷이야기가 아내의 마음을 대변해 주고 있다.

사실 돌이켜보면 세상 살아오면서 떨굴이 짓의 연속이랄까. 내 생애의 그 얼룩진 무늬들이 나라는 나름대로의 푸른 나무 한 그루를 키워 왔을지도 모른다. 약삭빠름의 건조함보다 다소 어리석음이 세상 때 묻지 않은 진실의 생명을 껴안은 잎새들의 푸르름으로 빛나리라. 사익만을 위한 잔재주가 스며들지 않는 그 '꾀 없는 사람이 머물고 싶은 집'이라는 이 팻말을 현재 살고 있는 공주시 유구읍 구계연종길 와닿는 푸른 솔밭의 집 앞에 세워 놓은 이유이다.

# 스승의 신발을 도둑질하다

한 후배 교장에 대한 이야기이다. 이분은 평교사 시절 최도찬 선생님으로 통했다. 사실 본명은 최도찬이 아니다. 왜 최도찬이라 불렀을까. 알만 한 사람은 다 안다. 앉으면 도사 같은 이야기 일어설 때까지 혼자 다 하기 때문이다. 이분이 하고 싶은 신발에 얽힌 이야기도 여러 가지 있으나 극구 만류하여 하나만 간단히 이야기하고 어서 일어나시라 통사정했다. 그러나 화내지 않는다. 평생 화낸 적이 없는 분이다. 궁금하시거든 함 찾아가 약 한번 올려 보시라. 아무리 건드려도 화내지 않아 도로 화 뱉고 돌아올 것이다.

이분은 내 후배이면서 남북 분단 상황의 특수 군인으로 근무했다는 이야기이다. 이 사실도 무언중에 감지한 추측일 뿐이다. 군대 생활 이야기 함 해 보라고 술좌석에서 아무리 구슬려 봐도 잠근 입의 자물쇠를 열지 않는다. 아예 납으로 입을 땜질해 버린 것이다. 용한 분이다. 아니, 무서운 분이다. 그러나 교직 생활에 얽힌 그의 이야기는 구수하게 이어 간다. 평교사 시절 그가 부임해 간 어느 학교에서 정말 좋은 실내화 하나를 샀다고 한다. 그러나 3일째 되던 날 도벽이 훔쳐갔다. 아마 학생들이 가져갔을 거라는 짐작이 갔다. 그래서 맨발로 교내를 누비고 다녔다. 담임을 맡은 반 아이들이 "선생님! 교사의 품위를 유지하셔야지요." "무슨 말인데?"라는 능청스런 대답에 실내화!! 실내화를 신고 다니란다. "또 신발을 사 신으면 도둑을 맞을 텐데 부모가 낳아 준 맨발 실내화가 제일 좋을 것이다." 하고 맨발로 다녔다 한다. 며칠 후 그의 반 아이 몇 명과 이웃 반 도사모(최도찬 교사를 사랑하는 모임) 아이들이 십시일반으로 돈을 내어 실내화를 아주 좋은 걸 사서 주었다. 학생들의 성의를 무시하지 못해 신고 다녔다. 신은 지 4일째 되던 날 말 한마디 없이 또 사라졌다.

이번에는 쓰레기장에 가서 제일 험하고 다 떨어져서 앞부분이 두 쪽으로 갈라져서 걸음걸이 박자 잘 맞추는 험한 실내화를 주워 신고 다녔다. 이것을 본 학생들이 어인 일이냐고 하기에 "나도 이제는 학생들의 도심盜心에 대한 데모에 돌입했다. 가장 못난 신발은 잃어버릴 위험이 없어 마음 편하다."고 하였더니, 그날 당장 찬실(도찬 실내화 찾기) 특공대가 조직되어 학생 수사대가 수사에 들어갔다. 다음 날 2학년 특공대가 3학년에게서 찾았다고 했다. 그리고 그 실내화의 바닥, 앞턱 옆부분에 "이 실내화를 가지고 가면 가난은 물론 앞날이 막힘(찬사모특공대)"이라고 새겼다. 그것도 또렷이 새겼다.

소문이 나서 그 뒤로는 그 학교에서 6년간 한 번도 실내화를 잃은 일이 없었다는 일화이다. 학생들의 장난기 어린 신발 도둑이었으리라.

일전에 그 학년 동창회에서 추억의 화젯거리로 떠올라 술맛이 불그레 좋았다나. 감칠맛 나는 교육 원론이다. 화제의 그 최 교장이 정년 퇴임을 했다는 소식도 오래이다. 교육의 정곡을 찌르는 그의 언행, 제자들의 아름다운 사랑과 존경심이 그의 등 뒤에 늘 따라다니리라.

# 소통의 본질을 깨우쳐 주다

다니는 교회 3부 예배를 마치고 교회 한 모퉁이의 조그만 휴식 공간에서 우리 내외의 입교 섬김이 역을 맡았던 교우가 '뎃방' 한 분을 소개한다. 자칫 비속하게 들릴 수 있는 '뎃방'이란 언어가 만남의 분위기에 그토록 편안하고 소담스럽게 들려오는 이유를 천천히 더듬어 본다. 우리 내외는 이 교우의 삶의 안타까운 사연을 잘 알고 있는 바다. 부군이 창원시 소재 모 종합병원의 원장으로 병원을 잘 운영해 왔으나 친구의 보증 문제로 마음고생을 하다가 세상을 떠났다고 한다.

개인적인 가정사를 잠시 언급하는 것은 이 집사님의 남편에 대한 사무친 그리움 때문이다. "이 세상 제일 끄트머리 어느 한 곳에 살아 있다는 소식"의 무지개가 하루에 몇 번이고 외로운 마음 골짜기에 내리곤 한다는 절절함이다. 이 거룩한 마음을 신뢰하는 사닥다리를 딛고 우리 내외와 그분 사이에 우정의 집을 짓고 있다. 개성은 곧 그 인간이다. 인간은 그의 말로써 표현된다. 말 몇 마디 들으면 그의 정체성이 곧 드러나기 마련이다. 남편에 대한 사무침을 드러낸 순수함, 사랑, 진실, 말하자면 "이 세상 어느 한 곳에 살아 있다는 소식"의 불가능한 기다림, 그 한 송이 꽃봉오리를 꿈속에 간직하고 있는 것이다. 이 세상에서는 피어나지 못할 그 꽃망울이 하늘에서 활짝 소담스레 피어나기를 기도하는 마음이다. 그가 한 말의 한 점 '뎃방'이라는 속어가 유머가 섞인 소담스러운 언어로 들릴 수밖에 없는 이유이다. 서로를 믿는 강한 힘이기도 하다.

내가 소개받은 그 '뎃방' 님은 사실 이 세상 살아가는 여유의 표상으로 내 마음에 자국이 찍힌다. 두 자녀 모두를 미국 최고의 명문 대학의 교수로 키워 낸 훌륭한 어머니 이전에, 비록 애교 띤 것이지만 '뎃방'이란 호칭을 적극적으로 즐겨 받아들이는 미소와 친근감과 유머의 구겨지지 않는 칠순의 세월을 드러내고 있는 분이었다. 그것 또한 내가 소개받은 '뎃방', 유머의 뉘앙스를 띠고 있지만 잘못 받아들이면 모욕적이며 비하감을 느낄 수 있는 그 언어를 가꾸어 가면서, 그 교우의 농담을 소담스럽게 매만지는 소통의 본질일 것이다. 소통의 본질을 나의 가슴에도 심어 준 것이다. 자기 이익을 위한 정보를 얻으려는 더듬이를 가진 사람은 경계와 의심, 벽을 쌓는 습성이 숨어 있다. 그러나 추운 겨울 포용과 믿음이라는 소통의 본질 따뜻한 방석을 깔아 준 그 두 분 교우의 우정이 나의 기억에서 오랜 세월 지워지지 않고 있다. 지식의 양으로 인간에게 다가서는 것이 아니라 오로지 계산하지 않고 베풀어 주며 꾸미지 않아 순수한 믿음만을 싹 틔워 주므로 나는 이 소통의 무한 가치를 되새김질하고 있다.

對面=환희의 가슴

경남 고성군 하일면

2008. 2. 17일(일) 오후 4시

# 인생이라는 강

　지금도 시간이 화살같이 날아가고 있다. 우리는 나이 들어 갈수록 붙잡을 수 없는 시간의 속도감이 현실적 절망의 벽을 쌓아 올린다. 토머스 캠벌의 〈인생이라는 강〉, 이 시를 읽노라면 끝없는 탐욕의 성을 쌓아 올리는 나와 너에게 타이른다. 허무의 빛을 띠는 절망의 성 안에 스스로 감금당할 이유가 없다는 교훈을 던져 주고 있다. 달콤한 젊은 시절의 풍요를, 인생이라는 열매의 속 알맹이를 품고 있는, 껍데기로 물러나 있어야 한다고. 오, 늙어 가는 사람들, 시간이 너무 빨리 지나간다고, 얇은 종이 한 장처럼 바람에 휙 날아가 버린다고, 허무하다는 말 자주 하지 말자. 하늘은 당신의 편에 서서 삶의 생채기들이 주는 아픔을 줄이려 한다. 속도감이다. 그리고 인생이라는 열매의 싱싱한 젊음과 아름다운 사랑 그 속알을, 쭈글쭈글하게 겉을 둘러싼 늙은 껍데기가 품고 있다는 행복감이면 족하다. 그 행복감을 밀어내고 우울이나 허무감의 질병에 자꾸 걸려들지 말자. 시의 일부를 소개한다.

　우리는 왜, 삶의 썰물이 더 빨리 느껴질까요?
　이상할지 모릅니다만-그러나
　하나둘 친구들이 세상을 떠나고

111

우리의 가슴에 피맺힌 상처를 남기는데

그 누가 시간의 속도를 더 늦추려 할까요?

하늘은 쇠퇴해가는 노년기를 빨리

피해가라는 신속함을 주었고;

젊음의 시간은 그 달콤함에 비례하여

길게 느껴지도록 해놓았지요.


　그렇다 하늘은 허물어져 가는 노년기를 빨리 지나가도록 시간의 빠름을 노인들에게 선물해 주고 있다는 것이다. 뼛속으로 스며드는 말이다. 1년이 하루같이 지나가 버린다고 허무에 젖거나 우울감에 빠져들면 단 한 번 주어진 삶이 송두리째 파멸의 구렁텅이에 빠져들기에, 노년기라는 빠르게 지나가는 시간일지라도 그 세월의 강물 위에서 단풍잎으로 빨갛게 물들어 있는 가을의 성취, 그 아름다움에 취하도록 스스로를 부추기며 마지막을 수놓자. 수놓은 단풍은 다시 파란 새싹으로 이 세상 찾아오리라는 약속과 희망의 빛깔이다. 우리의 자손들은 우리가 다시 태어나는 새싹들이고 분신임을 되뇌며 인생이라는 강물, 그 여울이 우울의 얼룩 없이 흘러가게 하자.

# 어머님 업고 하늘나라로 모신 징검다리

헤밍웨이를 장편 소설가로서 일약 유명하게 만든《The sun also rises(해는 다시 떠오른다)》는 솔로몬이 쓴《전도서》에 있는 한 구절 'Also, the sun rises and the sun sets.(역시 해는 떠오르고 진다.)'를 인용한 것이라고 한다.

필자가,《전도서》의 이 한 구절을 만난 계기로 솔로몬이 쓴《전도서》와《잠언》을 부분적으로 읽어 가면서 성경은 인간 영혼의 세척제이고 문학의 원류이고 시심이 흐르는 맑은 강물임을 확인하게 된다. 튼실한 진리의 편에 서서 이 성경을 설교하는 목사님의 신앙과 인품을 붙들고 건너는 징검다리 이야기를 정리해 본다.

오로지 자식을 위해 홀로 밑바닥의 가난과 외로움의 눈물로 살아온 내 어머니 마전댁의 꺼져 가는 생명을 붙들기 위한 내 인간의 능력 또한 다 타 버린 심지처럼 그 불빛 지켜 낼 수 없어 비틀거리며 밤하늘을 걷다가 십자가를 만났던 30년 전 내 아픈 마음 징검다리가 있는 그 시냇물 다리를 어머니를 업고 건너가야 했다. 그때 그 교회는 절망이 건너가야 했던 징검다리이기도 하며 내 마음의 안식처이라고 생각했기 때문이다. 인간의 능력으로는 어머니를 구할 수 있는 길을 찾을 수 없어 문을 두드린 교회를 다니기 시작하였다.

이사를 온 후 2008년 5월 25일(일) 09:00, 장유대성교회, 나를 향해 달콤히 들려오는 말에 귀를 쫑긋이 세우는, 그래서 소리의 해바라기 같은 두 귀를 가진 나는 과연 나인가? 그렇지 않다고 느끼면서 살아온 나는 남의 입술에 나를 얹어 놓은 입술의 노예이었음을 부인하기 힘들다. 얼굴이 탤런트 누구 닮았다고 추켜세우면 끓는 물같이 기분이 펄펄 끓다가, 코는 가수 누구의 코(뭉텅 코?) 닮았다고 하면 찬물 끼얹은 듯 싸늘히 가라앉는 못난 마음 아니었는지 나를 되새김질해 본다. 우리는 이 허상의 올무에서 벗어나야 한다. 나를 찾아야 하고 이 나를 찾는 길은 하나님의 말씀을 찾아야 한다는 결론이다.

　현실적으로 이 하나님의 말씀 누가 전하고 있는가. 목사이다. 하나님의 진리를 받들고 살아가는 목사의 입은 뭉텅 코이니 탤런트의 얼굴이니 입을 열어 가동할 여유가 없다. 아니 거부하는 마음이다. 오로지 성스러운 진리와 복음의 전언이 흘러나오기 때문이다. 이런 성스러운 목사님을 성스러운 교회에서 만날 때 남의 입술의 허상에서 해방되고 나를 찾는 자유를 누리게 되는 것이다. 어머니는 이미 저 세상으로 가셨지만 남아 있는 이 몸, 세속의 입술에 흔들리는 어리석고 초라한 허상에서 벗어나, 내 존재, 하나님의 말씀으로 그 생명의 가치가, 떠오르는 태양을 반갑게 맞이한 것이며 어머님을 업고 교회라는 그 징검다리를 건너 하나님의 나라로 모신 내 마음의 평화이다. 이 세상 떠나시면서 어머님이 마지막 남기신 축복이기도 하리라.

# 국밥들의 데모

　오래전의 이야기이다. 어느 선거 입후보자가 국밥 투어를 하고 있다는 소문이었다. 전통적이고 보수적인 이 서민 이미지를 수단으로 삼아 공직에 선출되려는 것으로 보이는데 사람들이 아닌 국밥 자체의 대표들이 의사표시를 하기 위해 긴급 회동을 할 예정이었다. 이 시대의 국밥들이 각기 당을 급조해서 주권을 회복하려는 움직임을 가시화시키고 있다는 간접 뉴스도 들어오고 있었다. 한마디로 서민의 애환과 슬픔인, 사실 이 시래기국밥 한 숟갈 먹으면 토악질까지 할 정도의 흰 피부색의 귀족들이 이제 와서 더 큰 출세의 도구로 자기들을 이용하고 있다는 불만이 합당의 모티브로 작용했다는 소문이다. 원래 국밥들은 그 숫자가 손가락을 꼽을 정도이었다. 시래기국밥과 콩나물국밥 정도였다. 내 생각으로는 시래기국밥이 국밥의 원조이다. 배고팠던 시절에 버려야 할 시래기를 이용하여 모자라는 밥의 양을 줄이고 물을 많이 부어 된장을 섞어 팔팔 끓여 배를 채운 생존의 수단이었다. 이러한 과거사의 서민들의 아픔을 깜짝 쇼의 수단으로 농락하고 있다는 반발심이 합당을 이끌어 낸 것이다. 그러나 정작 시래기국밥은 당을 만들지 않고 있다.

　회동에 참석하는 면면을 살펴보면 주동자 격인 따로국밥이 단연 먼

저다. 실은 아이러니 하지만 따로 노는 상대방에 대한 앙티따로라는 이미지를 갖추고 있다는 당의 대표성을 인정받았기 때문이다. 사실 따로국밥은 처음에는 그 정체성 때문에 국밥들 사이에 거부감이 많았다. 그러나 인간의 편 가르기에 면역을 쌓은 이 시대의 국밥들이 따로를 합당의 대표로 앉히려 하는데 단 하나 우거지국밥만이 어거지를 부렸으나 돼지국밥이 나서 설득시키고 결국 만장일치로 통과되었다. 따로국밥이, 회동에 참석한 콩나물국밥, 우거지국밥, 돼지국밥, 쇠고기국밥, 근래에 새로 창당한 굴국밥과 충청도 청천지역을 근거지로 한 지역당인 올갱이국밥 등을 인솔하여 대통령 후보자에게 몰려가 항의의 서한부터 전달하려는데 성질 급하고 어거지 부리기 좋아하는 우거지국밥당 대표가 느닷없이 가지고 있던 달걀 내용물로 그분의 자존심 심장부를 향해 달걀 세례를 퍼부었을 때 난장판이 된 후보자의 얼굴이 피카소의 한 폭의 추상화로 내걸렸다. 다들 고개를 돌린 채 속으로 싱긋이 웃는 헛기침만 하고 있었다. 이때 자칭 중고등학교 학생당 대표들이라고 명함을 내미는 어린 학생들이 찾아와 고함을 치는 "이 뼉다구 하나 없는 국물들 다 뭐하는 짓들이야, 추상화도 좋지만!" 한마디 던지고는 역시 씩 웃고는 데모 장소를 슬그머니 빠져나가 버렸다.

사람들은 쇼를 즐겨 본다. 속임의 고소함에 쉽게 빠져든다. 보여 주기 위한 쇼의 위선과 거기서 우러나는 달콤한 맛이 정확한 판단을 무력화시키는 묘한 마력을 지니고 있기 때문이다. 뒷맛이 쓴 이 수단이 정치와 권력의 유효한 도구로 오용되고 있다는 사실을 풍자하려 픽션을 끌어들인 이 글 〈국밥들의 데모〉를 쓰면서 현혹하는 거짓의 오물을 닦아 내려 하고 있다. 진실은 영원한 속성을 지니며 삶의 아름다움을 간직한다. 정치뿐 아니라 일상생활에서도 사욕을 채우기 위해서 순간적 쇼의 기교를 노닥거리며 이 아름다움에 때를 묻히면 능멸의 그림자가 다가오고 말 것이다.

# 카타르시스의 일품

성의 결합으로 생명의 지속성이 유지되며 이 세상의 존재가 담보되고 있다. 이것은 하나님 창조의 주된 구도이며 사랑의 바탕이기도 하다. 그러나 우리는 이 성스러운 본질을 부끄러워하고 감추려고 한다. 은밀한 가운데 생명의 신비를 더하려는 본능일까. 서구의 어느 해수욕장에는 남녀가 팬티 하나 걸치지 않는 나체로 스스럼없이 해수욕을 즐긴다는 이야기를 듣고는 있으나 호기심을 일으킬 만한 지극히 예외적인 경우일 뿐이다.

우리는 이 성에 얽힌 소재로 끼리끼리 모이면 가끔씩 음담패설로 히히덕거리기도 한다. 어제 산행 길에서 일행 중의 한 친구가 카타르시스의 일품이라 해도 손색이 없을 정도의 매우 짧고도 점잖은 음담패설로 나의 몰입의 강도를 조여 갔다. 이야기의 정점에 이른 나의 호기심이 와르르 무너지는 뜨거운 폭소 한 가운데서 내가 불타고 있었다. 그의 이야기는 이렇게 이어져 갔다.

중년의 나이에 늦둥이를 본 한 남자가 새로 태어난 아이의 머리카락이 빨갛게 물들어 있어 동네 의원을 찾았으나 의사가 이유를 알지 못해 큰 병원으로 가 보라는 말에 인근 대도시 종합병원으로 아이를 데리고 갔으나 역시 그 이유를 밝혀내지 못했다. 하는 수 없이 서울의 큰 대학병원으로 가서 한국 최고의 명의로 소문난 의사 앞에 앉았다. 역시 고개를 갸우뚱거리기만 했다. 아이 아버지가 막 일어서려 하자 아무리 해도 답이 안 나온다고 되풀이하고만 있던 의사가 황급히 묻는다. "일 년에 몇 번 가까이 가시지요?" 머쓱해하는 이 남자가 풀 죽은 벌레 기어가듯 대답을 한다. "한두 번밖에 가까이 못 갑니다." 의사가 무릎을 탁 치면서 "그러면 그렇지. 답을 찾았습니다. 녹물이 나와 묻어 있었어요." 무릎을 탁 치는 것이 이 이야기의 클라이맥스라면, 녹물이 나와 묻어 있었다는 답이 이 이야기의 대단원이다. 폭소에 타 버린 내 스트레스 그 재가 아직 식지 않고 있다. 언젠가 국제펜클럽(International Association of Poets, Playwrights, Editors, Essayists, and Novelists)대회가 우리나라에서 열린 적이 있는 것을 기억한다. 음담패설을 대회의 주제로 토론했다는 신문 기사가 긴 세월이 지났는데도 기억에 남아 있다. 아리스토텔레스의 말대로 비극이 카타르시스의 기능을 가진다면 음담패설이 문학의 틈새를 비집고 들어온 카타르시스적 가치를, 국제펜클럽대회는 평가 또는 모색하지 않았던가 싶다. 외설을 이용한 유머나 해학을 이용한 문학의 신선도를 높이는 첨병 역할을 한 셈이다. 음담패설도 이쯤 되면 그 가치의 농도가 짙다. 건조한 문명의 굴레에서 벗어나 잠시이지만 흥미의 꽃 활짝 핀 풀밭 언덕 위에 서 있다. 삶의 텃밭 한 모퉁이에 장미꽃처럼 빨간 웃음꽃 한 송이 피우며 내 존재를 이어 가고 있는 한 점 행복의 무늬라 할까.

# 언어 소통의 절름발이

지산나박실 산동네로 이사 온 지도 벌써 8개월이 지나갈 무렵이었다. 이웃 사람들을 대하는 낯이 가을 호박처럼 제법 누렇게 익어 가고 있다. 소똥도 얻어 사과밭에 내다 거름으로 뿌리기도 하여 사람 사는 동네구나 하여 가슴으로 배어드는 미소를 입술에 칠해 보기도 한다. 참 조심도 많이 하면서 시골의 인간 정취를 체감하고 지낸다.

이해득실 비비지 않는 그의 품성을 어렴풋이 짐작하면서 가벼운 발걸음으로 믿음의 초원으로 나아가 그와의 만남이 드문드문 이루어지고 있다. 짜내는 젖소의 우윳빛을 닮아서 위선이라곤 그 어디에서도 찾아볼 수 없는 것이 박 씨와 사모님을 내가 좋아하는 이유 중의 하나이다. 박 씨와의 인연은 소똥이 맺어 준 것이다. 내 가꾸는 사과밭에 필요한 거름으로 소똥을 제공해 준 박 씨는 낙농업을 하는 분이다. 송아지 두 마리 달랑 끌고 여기 아무도 살지 않았던 시골 산자락에서 손발이 부르트고 밤이 낮인 줄 착각하며 일해 온 젖소와의 애정 어린 20여 년의 고난의 세월이 마치 포동포동 살진 한 마리의 젖소처럼 그의 곁을 떠나지 않는다. 키워온 20년의 세월은 그만큼 아픔과 때론 슬픔이 거름이 되었던 것이기에 그렇다. 고난과 진실의 삶을 살아온 그를 본의 아니게 서운하게 한 것 같다. 세상 걸어가는 나의 언어의 다리가 절름발이임을 절감하는 오늘이다. 배려하는 마음이나 언어를 정갈하게 다룰 줄 모르는 서툰 언어 표현의 내디딤이 상대방의 마음을 상하게 한 것 같다. 편하지 않는 오해의 바위 덩어리가 무겁게 짓누르고 있는 것을 느꼈다. 다듬지 못한 나의 말에 대한 그들의 느낌보다는 내 스스로의 자책감이 훨씬 더 강하게 진동하고 있는 것이다. 서툴고 절제되지 못한 내 언어의 이야기는 아래와 같은 상황이다.

두 내외분에게 점심 대접을 하려고 낭성면 사무소 앞 '옛 그 집' 식당으로 초대하여 식사를 하면서 담소를 나누고 있었다. 부인이 우리 사과밭으로 가서 꽃따기 작업을 도와주겠다는 것이다. 집사람이 얼른 반기며 제의를 받아들이기에 고마운 제의이지만, 남을 힘들게 하는 생각이 들어 '사과밭에 뭐 하러 가?'라는 정제되지 않은 언어의 뭉치가 돌멩이처럼 집사람에게 날아갔다. 그런데 엉뚱하게 그 돌멩이가 박 씨 내외에게로 날아간 모양이다. 양쪽 다 배려와 순수의 발로인 것임에는 틀림이 없다. 나의 언어에 담긴 의미는, 이익만 챙기려 하지 말고 남을 배려해야 한다는 겸손의 표현이었고 그의 언어 표현은 우정의 밭을 가꾸기 위한 배려의 미덕이 묻어 있었는데 순간적인 언어 표현의 미숙함이 잠시 어색한 분위기가 감돌았던 것이다. 혼자 마음속으로 중얼거리며 나의 눈이 자꾸 벽을 밟고 있다. 칼끝이 가장 비열하고 붓끝이 가장 무섭고 혀끝이 가장 위험하다는 옛 현인의 말이 다시 가슴속으로 무겁게 가라앉는다. 침묵이 금이라는 말이 있지만 때와 장소에 따라서 지켜야 할 금언이 아니겠는가. 단지 언어 소통의 절름발이인 내가 내뱉은 말 때문에 물론 우정의 끈을 갉아 먹는 벌레는 아직까지 없을 뿐더러 두 내외분이 남기고 간 그 침묵의 언어가 침묵의 호수 위에 하얀 돛단배 하나로 떠 있을 뿐이다. 우정의 돛은 변함이 없다는 믿음을 그들은 여전히 던져 주고 있다.

# 강아지 대칭이의 죽음

귀촌하여 자연의 품에 안긴 고향 친구 집에 들렀을 때 친구의 이야기이다. 어느 날 집 뒤쪽 산에서 통곡 소리가 들려왔다 한다. 한 사람이 또 돌아가셨나 생각했단다. 그러나 그 죽음은 사람이 아니라 애지중지하던 개를 산에 묻어 주고 집으로 되돌아오던 슬픔이었단다. 돌아가신 부모를 산에 모시고 돌아올 때 저렇게 우는 자식이 그리 많지 않은 요즈음, 아끼고 돌보던 인간이 저지르는 음모나 속임수나 배신이나 그 어떤 사악한 죄질 묻어 있지 않는, 주인에 대한 순종으로 보답하는 한 생명체의 죽음과 이별이 뒤엉켜 북받치는 슬픔의 폭발음이었을 것이다.

밀양에 살 때의 일이다. 우리 내외가 퇴근 후 대문을 들어서니 아내가 '대칭'이라 부르는 강아지 한 마리가 늘어져 누워 죽은 채로 발견되었다. 앞에서도 말했거니와 인간이나 동물이나 죽음의 현실은 똑같이 비통함의 찔림으로 와닿는 것을 우리도 실감하였다. 충격에 빠진 아내를 위하여 떨리는 마음의 안정을 찾고 태연한 척하였다. 그의 시체는 집에서 하루 더 쉬어 가도록 보자기에 싸 집 앞마루로 운구하였다. 하룻밤이 지났다. 동녘에 태양이 떠오르고 있었다. 대칭이의 영혼이 하늘나라로 가는 길을 환히 비추려는 작심이라도 하는 듯 눈부셨다.

영혼의 객체이었던 싸늘한 주검을 안고 나 혼자 뒷산으로 올랐다. 대칭이 엄마인 삼순이와 살해의 범인으로 지목되는, 사냥의 야성이 강했던 진돌이와 동생 시커멍 이들 셋의 상주들이 어느새, 죽음을 뒤따라오고 있었다. 이들이 지켜보는 가운데 산꼭대기 양지바른 곳에 그를 묻어 주었다.

그리고 나는 잠시 마음으로 기도했다. 죄를 뉘우치는 듯해 보이는 진돌이는 물론 다른 상주들도 나의 기도에 동참하는 듯 묻은 곳 주위에 둘러앉아 조용히 응시하고 있었다. 우리 집 아래로 흐르는 곡강의 강물도 잔물결 모습조차 일체 보이지 않고 슬픔의 기색을 보이는 듯 조용한 침묵뿐이었다.

"이 세상에 태어난 지 채 두 달도 안 된 어린 생명입니다. 마음 포근한 엄마의 젖을 맛보면서 기쁨이 자라고 있었습니다. 그러나 이 어린 것의 기쁨이 왜 살해되었는지 이유가 없습니다. 죄를 모르는 살해 혐의자 진돌이는 입을 다물고 있습니다. 삶과 죽음을 가닥지어 놓으신 주여, 아픔으로 행복을 찾으라는 주여, 대칭이는 온몸으로 아픔을 칭칭 감은 채 하늘로 되돌아갔습니다. 소풍 온 이 세상 그를 끝까지 지켜주지 못한 내 인간을 용서해 주시고 어린 것의 짧은 생을 천국에서 보듬어 주소서."

마음의 기도를 끝내고 대칭이를 묻은 곳을 응시하면서 삶과 죽음이 교차되면서 영원이라는 현실이 이어져 간다는 인식의 위안을 받으며 발길을 돌려 차분하게 집으로 내려왔다. 그도 이 세상 더 살아가고 싶었으나 아픔의 고통을 안고 죽음으로 밀려났을 것이다. 맺어진 정이 끊어지는 또 하나의 아픔을 우리에게 남겨 두고 대칭이는 저 하늘로 떠나가 버렸다. 삶과 죽음, 이 세상이 존재하는 법칙이다. 이 순리에 맞닿아 있는 슬픔은, 말로써 표현하기 힘든 정情 때문이다. 가슴 깊이 묻어 있는 그 정을 오로지 눈물로써만 씻어 내기 힘든 것이다. 정 때문에 살고 정 때문에 죽는다는 말이 있지 않는가. 인간 간의 정은 물론 인간과 짐승간의 정, 짐승 그들대로의 정, 더 나아가 인간이 자연에 가지는 정 모두 이 세상이 존재하는 근본이다. 친구 집 뒷산의 그 통곡소리가 그날의 내 슬픔에 오버랩되고 있었다.

# 아버지라는 침묵의 바다

SBS 방송국의 한 프로그램에서 가난한 가족, 특히 동생들의 공부를 위하여 머나먼 이국땅인 한국의 한 농촌 노총각과 결혼해 온 한 베트남 처녀가 흘리는 그리움의 눈물은 가족애라는 인간의 보편성을 확인시켜 주기에 충분했다. 할머니가 손자 손녀를 사랑하는 정서는 우리나라나 베트남이나 미국이나 소말리아나 그 어느 나라와도 다를 바가 없다. 가족 한 사람 한 사람이 영상으로 나타날 때마다 서로가 서로의 마음을 움켜쥐고 흘리는 눈물을 주체하지 못하는 것은 물론 특히 할머니가 어릴 적의 그녀에게 들려준 자장가를 회상하며 그 자장가를 다시 부를 때 할머니는 물론 베트남인 아내도 남희석도 울고 여자 MC도 울고 옆에 있는 내 아내도 온 얼굴이 눈물에 젖어 있었고 아마 시청자 모두가 함께 베트남 아내의 울부짖음에 같이 흐느끼고 있었을 것이다. 이국땅에서 행복을 가꾸어 가려는 의지와 반비례하여 쌓인 설움과 외로움이 폭포수로 쏟아져 나온 가녀린 슬픔을 우리 모두가 다 알고 있었기 때문이었다.

그 순간 필자는 대가족 제도의 온기를 잃어버린 매정한 단세포적인 우리의 현실 사회에서 신혼부부들이 강물 위로 돌 하나 던지듯이 예사로 이혼하는 오늘의 병든 현실과 가정 파괴의 위기 상황에 가족을 소중히 여기는 이런 순정의 눈물이 우리 사회의 생명의 강물로 영원히 흐르기를 소망해 본다. 부질없는 이야기일지 모르나 나 역시 외모가 다른 외국인 특히 머리가 노랗고 피부가 희멀겋고 코 큰 미국 사람을 보면 보통 사람 아닌 이상한 사람같이 보이던 심리적 이질감이 어릴 때의 고정관념으로 자리 잡고 있었다. 반대로 우리를 누런 피부의 얼굴에 코가 빈대같이 납작이 붙어 있는, 땅바닥에 기어가는 듯 걸어다니는 원숭이 같다고 빈정거리는 경우도 있었다고 한다. 미국의 아이들이 원숭이라며 뒤를 줄줄 따라오더라는, 미국에서 목회 활동을 하던 어느 한국 목사의 황당한 경험담이다. 양쪽 다 똑같이 사랑과 미움과 성냄과 기쁨과 눈물을 지니고 있는 똑같은 인간으로서의 인간 본질을 공유해 온 공동체 가족임을 모르고 있었던 것이다.

　다문화 가족이 우리의 현실로 다가온 지금 본질적인 이 인간의 보편적인 가족 개념을 생각하면서 미국 극작가 아서 밀러의 작품인《어느 외판원의 죽음》을 통하여 가족의 끈을 죽음과 맞바꾸는 가족 사랑의 의미, 아니 그 신앙을 현대적인 시대 상황 속에서 큰아들 비프와의 관계를 중심으로 한 번 살펴보도록 한다. "오른쪽에서 외판원 윌리 로오먼이 커다란 가방 두 개를 나누어 들고 들어온다. 플루트 음악이 계속되지만 그는 그 음악을 의식하지 못한다. 환갑이 넘은 그는 옷차림이 수수하다. 무대를 지나 집 문 앞으로 걸어오는 그는 몹시 고단해 보인다. 문을 열고 부엌으로 들어와 가방을 내려놓고 아픈 손바닥을 만져 본다. 들리지 않은 말을 중얼거리며 한숨짓는다. 고통에서 벗어났다는 듯. 문을 닫고 주방 뒤쪽에 놓인 가방을 거실 안으로 들여놓는다. 아내 린다가 오른쪽 침대에서 꾸물댄다. 막 일어나서 옷을 입고 잠시 귀를 기울인다. 사실 아내 린다는 남편이 하는 일에 대해서 짜증스러울 때도 있지만 늘 상냥한 마음으로 그를 대해 왔다. 그녀는 남편을 사랑한다. 아니, 그 이상이다. 남편을 존경한다."

위 인용문은 이 작품의 제1막으로 들어가는 서문의 내용 일부이다. 가정을 위하여 현대를 살아가는 고달픈 남편과 아내, 아버지와 두 아들 등 가족 사이의 인간적 고뇌와 갈등과 사랑을 예고하고 있는 부분이다. 아내 린다 사이에 비프와 해피 두 아들을 두고 있는 이 극의 주인공 윌리 로오만은 우리의 아버지 우리의 남편 우리의 가장으로서 똑같은 위치에 있는 미국의 평범한 보통 시민이다. 그는 아버지와 형 벤이 살던 개척시대의 삶을 영위하려고 농경 사회적 사고방식을 가진 사람으로서, 아메리칸 드림을 성취하고자 택한 마지막 꿈은 위대한 외판원이 되겠다는 것이다. 우리 사회의 가치 기준으로 보면 보잘것없이 들릴지 모르나 남에게 피해를 주지 않으면서 남을 의식하지 않는 미국 사회의 성공 삶의 한 방식이다.

그의 이러한 꿈은 현대 자본주의 사회의 냉혹한 현실에 부딪치어 좌절되고 만다. 이 과정에서 부딪치는 정신적 고통과 외로움을 달래기 위해 불륜을 저지른다. 그는 나이 34세에 이르기까지 일정한 직업을 찾지 못하고 있는 큰 아들 비프에게 거는 기대는 대단했으나 뜻대로 되지 않는 좌절감은 피만 나지 않을 뿐이지 늘 커다란 상처로 남아 있었다. 비프는 고등학교 때 세 개의 대학에서 발탁해 가려고 할 정도로 유명한 축구 선수였으나 수학에서 낙제 점수가 나오자 아버지의 탁월한 대인관계를 믿고 있던 그는 수학 교사를 설득해 달라는 부탁을 하러 보스톤에 있는 아버지를 찾아간다. 이때 호텔에 함께 있었던 아버지의 내연녀를 목격한 비프는 '형편없는 가짜'의 아버지를 확인하고 그역시 인생의 부적응아가 되고 만다. 우리 사회의 일반적 관념처럼, 신과 같은 존재로 믿었던 아버지의 도덕적 타락을 목격하자 삶의 의지가 마비된 것이다. 이렇듯 자식들에 대한 아버지의 처신이 얼마나 조심스러워야 하는가를 지목하고 있는 대목이다.

소속돼 있는 회사의 사장 자리를 승계받은 사장 아들로부터 해고당하고 자신의 아들 앞에서까지 도덕적 흠이 탄로 난 로오만은 정신이 풀어진 사람으로 아들들로부터 경멸당한다. 그러나 끝까지 생의 동반자로 떠받드는 손길의 아내 린다는 보편적 아내로서는 기대하기 힘든 상황이지만, 아버지에 대한 아들들의 부정적 태도에 대해 가족을 위해서 평생을 일해 온 아버지에게 존경심과 관심을 보여야만 한다고 아이들을 나무란다. 부부라는 것이 얼마나 아늑한 관계이며 삶의 포근한 둥지인가를 은빛으로 밝혀 주고 있다. 윌리 로오만은 훼손된 자신의 존엄성과 가족의 위신을 되찾기 위한 마지막 비극적 수단에 몸을 던진다. 자신이 이루지 못한 꿈을 큰아들 비프를 통해 실현하고자 보험금을 탈 목적으로 고의로 교통사고를 일으켜 스스로 세상을 떠나고 만다. 부성의 극치라고 하기엔 너무나 안타까운 일이다. 그러나 그의 죽음은 이 시대의 아들과 딸들에게 던지는 하나의 숭고한 메시지이기도 하다. 겉으로 보기엔 침묵으로 잠잠해 보이나 바다 표면 깊숙이 자식 사랑 바다의 거대한 물살이 흐르고 있다는 것이다. 아들아! 그리고 딸아! 무표정한 이 아버지의 바다 깊숙이 너희들을 향한 거대한 사랑과 정이 흐르고 있다. 자식에 대한 사랑을 죽음으로 완성시키려는 윌리 로만의 비극을 되새기며 아버지는 아버지라는 침묵의 바다에 꽃 한 송이를 띄운다.

# 시를 쓰는 엄숙함을 살피다

나는 시인이 되고 싶은 욕망이나 꿈을 가지고 시인이 된 것은 아니다. 어느 날 살아온 젊은 날의 부딪힌 많은 억울함을 삭이고 사랑과 자연에 대한 소박한 느낌을 시로 적어 본 것이 어느 문학 잡지사에까지 전달되어 시인이라는 별호를 얻게 되었다. 나의 시, 나의 삶에 대한, 내 시가 전하려는 메시지와 시작의 배경을 밝혀 달라는 청탁으로 〈내 존재의 뒤안길과 사랑의 무늬들〉이라는 제목으로 시 동인지 《시향》 13호에 올린 글의 앞부분인, 시를 쓰는 변명의 내용을 다시 더듬어 본다. 시에 얽힌 이야기를 하면서, 내 살아온 삶의 내키지 않는 치부까지 다 드러내는 결과가 되었음을 고백하나 차라리 이것이 독자의 시선을 당길 수 있을지 모른다. 옷을 벗은 나체의 기분으로 원고를 써 나갔으나 내 걸어온 인생 이야기는 여기서는 접어 둔다.

10년이면 강산도 변한다 하였는데 우정과 사랑과 뜻을 같이한 원로 시인들에 대한 존경심으로 똘똘 뭉친 회원들이, '포에지 창원'의 한 그루 나무를 경남의 수도 창원의 한복판에 심어 《시향》이라는 문학의 향기 그윽한 과실을 따내어 창원은 물론 전국의 많은 작가와 인사들에게 배달한 지 벌써 13년의 성상이 지난 것으로 알고 있다. 시 동인지로서 경남의 수도인 창원의 정신문화 발전에 선도적으로 기여해 왔다는 점에서 자긍심을 가지게 된다. 해마다 신입 회원들이 새 나뭇가지로 돋아나는 싱싱하고 아름다운 열세 살배기 이 나무에 내리쬐는 5월의 햇볕이 참 눈부시어 올해도 열리는 영혼의 과실을 기다리는 사람들이 많으리라 믿는다.

　고등학교 시절 국어 선생님의 말이 생각난다. "시인의 머리는 보통 사람보다 50년 정도 앞서간다." 지금 와서 생각하니 고도의 상상력을 펼치는 시인들에게는 맞는 말인 것 같기도 하다. 그러나 "세 집 건너 한 집이 시인의 집이다."라는 다소 비아냥거리는 듯한 말이 나도는 요즈음 그 말에 흠집이 생기는 것을 부인할 수가 없다. 그렇다면 왜 이처럼 많은 사람들이 시작詩作의 물결을 일으키고 있는가? 한마디로, 있는 그대로의 사물 저 너머 서는 상상을 형상화시키려는 나름대로의 도도한 변명이 있다. 하기야 이 세상 사람들이 다 시인이 된다면 "시란 사람의 마음속에 사특邪慝한 생각을 없애 준다."는 말이 있듯이 이 세상은 문자 그대로 청정한 진실의 천국이 될 것이 분명하다. 물론 니체는 "시인은 거짓말쟁이이다."라고 언뜻 듣기로는 폄하하는 말 같지만 그 거짓은 창조이고 현실의 확장이고 역설적으로 거짓의 진실과 미학을 추구하고 있는 것이다.

　시인들은 현실의 확장을 통해서 실재에 도달함으로써 성취감과 동시에 미학을 음미하게 되므로 진실의 선을 창조해 가는 사람들이 사는 이 세상은 바로 천국일 수밖에 없는 것이다. 시인들이 시를 쓰는 도그마이다. 그렇다면 새로운 창조, 현실의 확장, 미학의 추구를 위한 시작

의 수단과 방법은 무엇인가? 언어의 교체 작업이다. '언어는 존재의 집'
이라고 말한 하이데거의 말처럼 사물이 들어와 있는 집인 밋밋한 현재
의 그 언어를 새로운 언어들로 바꾸는 작업, 바로 이 작업이 한 편의 시
를 일구어 내는 행위 아닌가 생각한다.

　이와 같은 시를 쓰려는 마음의 도도한 물결이 흐르는 지금 세 집 건
너 한 집의 시인 정도 되는 나의 시, 무딘 칼날이지만 나름대로 사물에
붙어 있는 언어를 도려내고 새로운 언어로 바꾸어 넣어 또 다른 새로
운 존재를 탄생시킴으로써 그 존재들이 구성하는 의미 확장과 미적 가
치를 드러내려고 애쓰는 근원적 이유이다. 밋밋한 그 언어 대신에 신
선한 영혼을 불어넣는 새로운 언어로 시의 생명을 얻을 수 있을 것이
다. 사물이 지닌 밋밋한 언어를 추상화시키는 등 새로운 의미를 탄생
시켜 놓았으므로 새 생명이 이루어졌다는 창조의 기쁨을 만나는 것이
며 더불어 자연과 삶의 진실을 파냄으로써 세상이 확대되는 삶의 폭의
더 큰 의미 전달이 이루어진다는 것이다. 시인이 시를 쓰는 엄숙함을
잊지 말아야 하는 이유이다. 또한 시인은 독자들의 시선을 의식하며
언행의 품위를 지키는 것 또한 작품의 품격을 더 빛나게 해 주리라 믿
으면서 시를 쓰는 마음가짐과 의지를 시(詩)동인지에 밝혀 놓은 적이
있다.

# 벌레가 먹은 밤이 말다툼의 불쏘시개가 되다

고집 때문에 벌어진 집사람과의 말다툼이 마치 회오리바람처럼 조용한 아침의 평화를 잠시 휩쓸고 가 버렸다. 이웃 아주머니께서 주워 온 밤을 우리 집에 한 되가량 준 것이 외려 다툼의 불쏘시개가 된 셈이다. 벌레가 구멍을 낸 밤이 더러 있어 날더러 골라내라는 집사람의 부탁을 받고 퇴직하여 할 일 없는 나로서는 잠시 행복을 굴리는 일거리의 은전을 얻은 기분이다. 허리를 구부리고 앉아 열심히 정正과 부否를 고르는 일의 가치를 즐기며 취한 결론은 부否를 버리는 단호함이다. 그러나 지나친 단호함이 아내의 천부적인 절약의 벽에 부딪치고 말았다. 부否를 도려내고 그 부와 투쟁한 정正까지 버려서는 안 된다는 또 하나의 단호함과 충돌한 것이다. 다시 말해 일부 썩은 밤을 송두리째 다 버리는 나와는 달리 썩은 부분만 도려내라는 아내와의 충돌인 것이다. 이날 아침 나는, "먹던 밥을 거지에게 주어서는 안 된다."는 어머니의 말씀이 무의식 속에 잠재해 있다가 어머님이 펴시던 지론에 대한 이상한 논리적 상승 작용을 일으켜 못마땅해하는 아내의 눈빛과 충돌한 것이다. 어머니는 "먹던 밥을 거지에게 주어서는 안 된다." 하셨는데 사람도 아닌 벌레가 먹던 밥(밤)을 먹자고 하는 아내의 절약 의지는 자기 비하이며 어머니의 가치관의 거역이라는 상징적 의식의 순간적 충동이었다. 나의 돌출적인 성격이 가벼운 다툼의 불길로 타오른 셈이다.

회오리바람이 스쳐 간 지금, 아내의 절약 근성이 거울처럼 반사되는 빛 또한 눈부시며 가난 때문에 가치관마저 내동댕이쳐서는 안 된다는 어머니와 어머니의 교훈이 새삼 그리워지는 고요의 아침이다. 어머니와 함께 30여 년, 아내와 함께 30여 년, 두 사람의 가치관에 맞닿아 있는 나의 삶이 진정 갈등이 아닌 조화로써 평화와 행복을 매만지고 살도록, 내 스스로에게 다짐한다. 부부는 일심동체라 했는데 나라는 존재, 내 자신과는 말다툼하지 않고 지내듯이 싸우지 말아야 할 것 아닌가. 여보, 잠시지만 화를 낸 것이 미안해요. 우리 처음 만나 달빛 젖으며 청평 호숫가를 함께 거닐던 당신이 자꾸 머리에 떠오르고 있습니다.

# 23년 동안 하루도 결근해 본 적이 없습니더

"23년 동안 하루도 결근해 본 적이 없습니더." 학교의 궂은일을 도맡아 하는 안 씨가 교직원들에게 처음이자 마지막 자신에 대한 입을 연 소신이자 삶의 무게였다. '감사합니더.'라는 끝말을 붙인 학교 경비원의 단 몇 마디 어눌한 퇴임사는 우리의 머리 위에 불 밝힌 한 마디의 촛불이었다.

이 학교에 직장생활의 첫발을 딛고 난 이후 23년간 단 하루도 결근하지 않고 성실히 근무하다가 정년을 마치는 행정실 소속 퇴직 경비님의 인사말을 듣고 부끄러운 마음으로 이 글의 내용을 적어 그에게 전한 지도 벌써 오랜 시간이 달아나 버렸다. 사과 농장에서 힘든 일을 끝내고 휴식을 취하다가 문득 그의 마지막의 보석 같은 말 한마디가 생각이 나서 이 글을 끄집어내어 다시 되새겨 본다. 지금 이 시간 나의 삶은 진실하고 성실하고 아름다운가.

안 경비주임님, 제가 문성에 첫발을 디딘 바로 그 해에 긴 인연의 끈을 함께 잡았습니다. 이제 우리 헤어질 때가 되었군요. 당신께서는 23년 동안 문성을 어루만지고 살아 오셨습니다. 십 년이면 강산도 변한다 했는데 강과 산이 저만치 비켜서서 부끄러워하도록 그 어찌 무구한 마음 한 번도 변하지 않았습니까. 당신이 있어야 하는 날 문성의 문턱을 단 하루도 딛지 않은 날이 없었다는 처음이자 마지막 던지는 한 마디 그 말씀이 엄숙한 성구처럼 나의 귀를 후려쳤습니다. 남을 배려하는 마음과 몸이 늘 한 덩어리가 되어 우리 교직원들과 학생들에게 다가오는 당신의 발은 늘 음지에 서 있었습니다. 우리는 압니다. 지나친 욕심이 없었기에 스스로 더 즐거웠고 행복하신 줄을요. 때 묻지 않는 당신의 그 마음 한복판에서 늘 피어나는 그 특유의 너털웃음이 우리 모두를 더 편하고 더 행복하게 해 주셨다는 것을요. 참 고마웠습니다. 그리고 다시 한 번 더 말하고 싶습니다. 눈이 오나 비가 오나 추우나 더우나 23년 그 긴 세월 결근 한 번도 하지 않고 그 엄숙한 신뢰의 길을 걸어오셨으니 우리 곁을 떠나서도 또 그런 마음으로 걸어가실 고매한 품격의 길을 우리 다 멀리서 우러러 볼 것입니다. 부디 행복하시기 바랍니다.

그의 삶은 때 한 점 묻지 않은 자기완성이었고 진실이었고 성직이었다. 그의 일은 물론 나를 위한 일이기도 했으나 학교와 학생들 그리고 학교 구성원 전체를 위한 일이었으므로 적당히 잔꾀 부리며 시간을 때울 수도 있었으나 철저히 담을 쌓고 있었던 것이다. 적당주의가 아니었으며 잔꾀와 요령의 결과물이 아니었기에 그의 말은 달빛처럼 맑았고 봄의 햇볕처럼 달콤하게 와닿아 오랜 시간 내 마음 속 깊숙이 머물고 있었던 것이리라.

# 김 병장 이야기

　육군 이등병 계급장 달고 서부전선으로 배치돼 가는 길 비룡포 계곡 바위벽들의 험상궂은 첫인상은 음산하였다. 비록 휴전 상태이지만 전장의 야성과 냉혹함을 그대로 간직하고 있었기 때문이다. 신병들을 태우고 북쪽으로 달려간 군용 트럭이 우리를 내려놓은 곳은 시커먼 얼굴의 군인들만 가끔씩 산을 오르내릴 뿐 사람 하나 보이지 않는 어둠이 깔리는 산비탈이었다. 바로 그날 밤이었다. 지금은 상상하기조차 어려운 일이 벌어진다. 막사에서 신고식을 끝내고 곤히 잠들어 있는 새벽녘 육중한 주먹이 툭툭 머리를 쳤다. 눈을 찡그려 뜨니 일어나 따라오라는 손짓이다. 이상한 예감이 전신을 휘감았다. 뒤따라 간 곳은 어두컴컴한 지하 감방 같은 땅굴이었다. 부대 전입 동료인 신병 하사 하나가 먼저 불려와 있었다. 내가 들어서자마자 포탄처럼 날아드는 주먹질의 난타와 구둣발길에 속수무책 우리 둘의 얼굴은 그의 카타르시스의 제물이 되고 말았다. 다음 날 전 부대원들이 지켜보는 가운데 하얀 헌병백차가 나타나 그를 수갑 채워 데리고 간 곳은 사단 영창이라고 뒷이야기를 들었는데, 그는 보름 만에 부대로 되돌아와 그와 함께 부대 내 FDC(포사격 통제소)에서 같이 근무하는 인연이 되고 말았다.

　그와의 묘한 인연을 본격적으로 이야기하려 한다. 그가 영창생활을 마치고 나온 후 두 달 정도 되었을까 나에게 기막힌 일 하나가 벌어졌다. 내가 근무한 곳은 북과 바로 맞닿아 있지는 않았지만 북한 선전 삐라들이 마구 날아드는 최전선이었다. 김신조 일당이 이 길을 지나갔다는 무시무시한 8부 능선을 지키는 한밤중 보초를 서고 있었다. 추운 겨울 흰 눈이 발목을 삼킬 정도로 높이 쌓이고 있는데도 낮 시간 동안의 고된 훈련으로 인한 고단함과 졸음 속으로 무서움과 추위 따위 깨끗이 녹아들었다. 잠시 졸음에서 깨어난 나는 정신이 혼비백산해 버렸다. 총이 없어진 청천벽력을 맞은 사실이다. 삶과 죽음의 벼랑 끝에 내몰린 사냥감 짐승의 절박함 바로 그것이었다. 잠시 무망의 순간이 지나고 전광석화 같은 생각 하나가 머리를 스쳐갔다. 순찰병, 분명 순찰병의 날카로운 소행이다. 초소근무 이탈은 바로 영창행이라는 두려움도 아랑곳없이 모두가 잠들어 있는 막사 내무반으로 달려 내려갔다. 내무반 문을 살짝 잡아당겼다. 암호! 백두산! 시커먼 물체 하나가 문 앞으로 급히 다가왔다. 그것은 물체가 아니라 사람이었다. 불빛에 언뜻 비치는 얼굴의 흉악한 칼자국 같은 흉터, 김 병장인 줄을 직감으로 알아챘다. 내 이름을 부르며 "부산이지?" "예, 죽을죄를 지었습니다." 총을 가져와 건네주었다. 이 짧은 몇 마디의 대화와 묵계가 그와 나 사이에 법을 초월한 한 인간과 우정으로서의 맥박을 이어 가게 했던 묘한 인연이 되고 말았다.

필자가 제대한 후 부산 항만관리청 선원과 범법 담당 창구에 근무하고 있던 어느 날, 내 머리맡에서 이 일병! 부르는 소리가 가늘고 흐릿하게 들려왔다. 눈을 들어 보는 순간 어디서 많이 본 듯한 얼굴이 내 눈 안으로 쏜살같이 달려들었다. 아, 김 병장님, 여기 어떻게 왔습니까? 구내식당으로 그를 데리고 갔다. 처절한 그의 이야기가 시작된다. 자기 말대로라면 제대 후 소매치기와는 손을 떼고 대일 활어선 배를 탔다한다. 유혹에 빠져 활어선을 이용한 밀수를 하다가 감옥 생활도 했던 그는 한탕주의 밀수를 하다가 세관에 붙잡혀 승선 금지 조치가 되어 있어서 처자식이 굶어 죽어 가고 있다는 자초지종을 듣고 나는 뭐뭐 할 수 있다는 법 조항을 억지로 적용해 승선 금지를 바로 풀어 주었다. 엄격한 법 적용과 인간 사이의 갈림길에서 인간을 택했던 것이다. 그 후 어느 날 예기치 않은 일제 대형 음향기기 하나가 내 사는 셋방에 배달되어 있었다. 본의 아니게 얼룩진 세상살이의 한 무늬이다. 지금은 그와의 소식이 끊어진지도 오랜 세월이 흘렀다. 얼굴조차 잘 기억나지 않는다. 원수는 외나무다리에서 만난다는 말의 역설 같은 연극화가 펼쳐진 것이다. 우리 두 사람과의 관계가 세상 살아가는 운명처럼 묘하게 엮이어 온 스릴의 장면 그 자체로 묘한 기억의 한 조각으로 남아 있다.

# 오묘한 맛을 우려내는 설교

오묘한 맛을 우려내는 하늘의 뜻을 전하는데 목사 개인의 감정이나 생각을 홀랑 노출시키거나 열광하거나 웅변하거나 또는 말의 비단을 펼치거나 전달의 쇼를 부리면 그건 말 재주꾼의 뉘앙스가 금방 새어 나온다. 거기에 쉽게 빠져드는 사람들이 많이 있다는 사실이다. 단지 목사라는 이름을 취득한 한 개인에게 송두리째 나를 맡겨 그의 언어의 바이러스로 영혼이 부어오르게 하거나 세뇌되는 어리석은 교인이 되어서는 안 될 일이다. 이런 모순이 없기를 바라지만, 드물게는 교인들로 하여금 선동적인 성격을 띠는 '교회 부흥'이라는 최면술에 걸려들게 하는 그물을 치는 경우의 말들이 있다는 것이다. 적어도 나로서는 목사의 진정성과 신앙의 깊이를 잴 수 있는 성경 해석과 설교는 그 맛이 목사에 따라 매우 다르게 우러난다고 생각한다. 장유대성교회 목사님이 설교의 성경 구절로 선택한 누가복음 6장 12절에서 1절은 영혼의 귀로 듣지 않으면 그저 밋밋한 언어의 나열에 불과하다. 잠이 쏟아지기도 할 것이다. 그러나 목사님은 이 성경 구절을 땅거미 내리는 푸른 산자락 강물 위로 은빛 눈부시는 생명의 물고기로 피둥피둥 뛰어 오르게 하였다.

"이때에 예수께서 기도하시러 산으로 가사 밤이 늦도록 하나님께 기도하시고 날이 밝으매 그 제자들을 부르시어 그중에서 열둘을 택하여 사도라 칭하셨으니 곧 베드로라고도 이름 주신 시몬과 및 그 형제 안드레와 및 야고보와 요한과 빌립과 바돌로매와 마태와 도마와 및 알패오의 아들 야고보와 및 셀롯이라 하는 시몬과 및 야고보의 아들 유다와 및 예수를 파는 자 될 가룟 유다라 예수께서 저희와 함께 내려 오사 평지에 서시니 그 제자의 허다한 무리와 또 예수의 말씀도 듣고 병 고침을 얻으려고 유대 사방과 예루살렘과 및 두로와 사돈의 해안으로부터 온 많은 백성도 있더라. 더러운 귀신에게 고난 받는 자들도 고침을 얻은지라 온 무리가 예수를 만지려고 힘쓰니 이는 능력이 예수께 나서 모든 사람을 낫게 함이라." 성경 제목으로 펼쳐지는 전문이다.

먼저 포에지 창원《시향》동인인 김 시인의 부인에 대한 기도의 작심을 굳힌 순간 그 어떤 부탁도 없었는데도 이후 3주째 예수의 병 고침에 대한 목사님의 의외의 설교가 이어지는 내 개인적 영험은 놀라웠다. 대형 교회의 목사로서 막 교회에 나온 김 시인의 아픈 사정을 아직 잘 모르고 있기 때문이다. 설교의 중심으로 발을 들여놓자. 예수님의 하루를 한번 들여다보는 것이 매우 중요하다.

(1) 예수님처럼 이른 새벽부터 하나님과 대화를 위한 기도의 무릎을 꿇어라. 하나님의 말씀을 들으려 할 때 하루를 충만히 채울 수 있는 그의 음성이 들려온다.

(2) 날이 밝으매, 제자들을 부른 의미는 공동체의 중요성을 강조하고 있는 부분이다. 예수님을 팔아넘긴 가룟 유다가 열 두 제자들 중에 끼

어 있었듯이 내 주변에는 부족하고 비뚤어진 자가 꼭 끼어 있게 마련이다. 그러나 남의 부족한 점이 나의 빛이 된다. 보기 싫은 사람이 나를 사람 되게 만든다는 것이다. 내가 모든 사람의 바람을 채워 주지 못함을 깨닫고 다른 사람의 부족함을 용서할 때 너와 나 그리고 온 공동체 마을에 빛이 온다. 어둠을 뚫는 닭의 울음소리에 새벽이 온다.

(3) 새벽에 하나님과 대화하여 영적으로 충만함으로 그냥 서 있으니 능력이 나오더라. 병자를 고치고 깨우치는 영적인 힘이 태어나는 역사가 이루어진다.

교회가 마치 천당 보내 달라는 것의 전부가 아니다. 나의 중학교 여자 동창생이 나를 만나면 간혹 걸출한 농담을 걸어온다. 천당 가기 위해 일요일마다 하나님과 직거래하러 가지 않느냐고. 그렇다. 그녀의 말대로 믿음은 하나님과의 직거래가 이루어지지 않으면 저상당할 위험성이 있다. 오로지 목사라는 한 인간에 맹종하여 하나님께 다가가려 할 때 나의 종교와 내 인간이 송두리째 붕괴되는 가능성을 자초해서는 안 될 일이다. 목사의 안내를 받아 이성으로 판단하며 받아들이는 믿음을 가질 필요가 있다. 나를 잃고 가정을 파괴시키는 자기 상실의 신앙이 아니라 이성의 신앙이다. 물론 교회는 내 자신만의 안일과 축복을 구하는 시장터도, 기복만을 일삼는 굿거리판도 아니다. 한편 교회는 종교적 차원에 바탕을 둔 훌륭한 인간 교육이 이루어지는 학교이다. 예수님은 육화된 신으로서 인류의 스승이었다. 이러한 믿음의 사다리를 딛고 하나님께 다가갈 때 하늘을 향한 경건한 신앙이 뿌리를 틀 수 있다고 본다. 하나님의 말씀을 곧 예수님의 말씀을 색깔의 덧칠 없이 엄숙하게 전하는 장유대성교회 목사님에게 귀 가까이 다가서고 있었다. 하나님과의 직거래의 그 길목이다.

# 손으로 가지는 순간 이미 잃어버린

대수롭게 여기고 늘 지나쳐 버리는, 어떤 사물에 대해 다시 한번 사색해 본다는 것은 우리 영혼에 푸른 나무 한 그루 심는 생명력의 창조 행위임을 알게 된다. 우리 모두는 "손"으로 이 세상을 굴려 가는데 익숙해 있을 뿐이지 하나님이 주신 손에 대해 깊이 생각해 보지 않았던 것이다. SBS 저녁 6:35 프로그램이었던 《스타 킹star king》에 출연한 모 교수는 즉석에서 그려낸 그 그림을 선물로 줄 수 없느냐는 한 탤런트의 농담에 내리꽂은 아래의 대답은 뇌수를 출렁이게 만들었다. "뭘 자꾸 가지려 그러서요. 손으로 가지는 순간 이미 잃은 것과 같아요." 영혼으로 가지라는 한 예술가의 날카로운 충고이다.

그의 진리를 의심하지 말자. 물질은 영혼을 상처 내기 쉬운 독성을 한쪽에 숨기고 있다는 경고이다. 몰염치한 질문을 던진다. 그 교수와 저 탤런트는 질병과 가난의 그늘에서 소외되고 있는 자를 위하여 따뜻한 손 한 번 내민 적이 있을까 하는 상상의 부메랑이 바로 나에게 되돌아온다. 여기에 지난 주 장유대성교회 한 목사님의 설교 내용을 요약하여 초대한다. 예수님의 손은 어떤 손이었는가. 그의 손은 속수무책인 나병 환자들의 절망과 고독의 얼룩을 어루만져 치유의 등불을 밝힘으로써 위험에 노출되어 있는 이 세상 탐욕의 손을 구원하고 육체적 정신적 질병으로 고통 받고 있는 모든 자들을 구원하려는 손이었다.

손이 인간을 능멸하고 추악한 인간 몸뚱어리의 최전선에서 분노의 충동질과 해악을 일삼는 반면 예수의 손은 미소를 띠고 기뻐하며 사랑으로 어루만진다. 그의 손은 절대 선의 편에 서서 죽은 소녀를 살려 냈다. 절망을 일으켜 세우는, 죽음을 일으켜 세우는 치유의 손을 가지셨다. 보아야 할 것은 안 보고 볼 필요가 적은 물질적인 것에 눈먼 현대인의 영혼이 삭막해져 간다. 보아야 할 마음의 눈을 뜰 때 우리의 우울감이 천길 벼랑 아래로 떨어지고 그곳에서 꿈과 사랑과 기쁨이 대지 위로 치솟는다. 그 눈을 뜨게 해 주는 예수의 손, 축복의 손에 구속되는 순간 세상의 구속에서 해방되는 진정한 자유를, 만나게 될 것이다. 우리가 세상의 구속에서 한 발자국 벗어나는 순간 또 다른 세상의 구속이 우리들을 기다리고 있다. 서머스트 모옴이 외치는 인간의 절망이다 .마음의 눈을 떠 세상을 보자. 우주의 섭리에 눈을 뜨도록 너와 나를 인도하는 예수의 손이 십자가에 못 박힌 수난 그것이 바로 이 세상의 질곡을 증거 했음이리라.

중고 코란도를 타고 장유로 향하는 퇴근길이었다. 부슬비가 간지럽게 내리고 있는 차도 옆에 혼자 쪼그리고 앉아 오가는 차들을 우두커니 응시하는 한 여자의 무너져 내린 모습은 너무나 안타까웠다. 사람들이 타고 가는 자동차 속도는 정신 이상자인 듯한 이 여자의 사연과 마비된 고독을 튕겨 버리고 잔인하게 달아날 뿐이었다. 나의 속도만으로 질주하는 자동차를 응시하는 그 여자의 뒤로 튕겨 일그러진 사연은 무엇일까. 마음의 눈을 뜨고, 하나님이 만사를 통제하는 힘을 준 예수의 손을 찾아내 손을 내밀라는 한 목사의 말씀이 자동차의 속도 위에 오버랩되고 있다. 손의 물질적 탐욕 너머 마음의 눈을 뜰 수조차 없는 절망적 운명의 여인에게는 단지 사치스런 말로 맴돌고 있었을 뿐이리라.

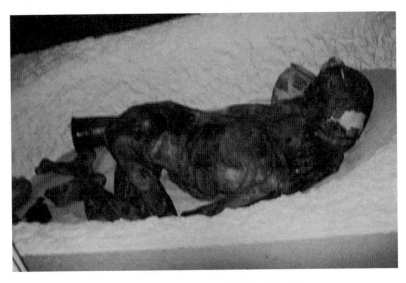

탐욕의 마음을 비우라고 한 궁극적인 이유는
이 사실적(寫實的)인 종말과 맞닿아 있다.

# 며느리에게

　오늘 이 시간 왠지 너희 둘의 사랑을 위해 편지를 쓰고 싶었다. 부부 지간이란 사랑하기 때문에 미워하고 미워하기 때문에 사랑하는 관계인 것이다. 너희 둘이 필연적으로 만난 후 세월의 강물도 꽤나 멀리 흘러갔다. 내 자신을 사랑하고 때로는 미워하는 것처럼 아이들 애비를 사랑하고 때로는 미워하기도 했을 것이다. 그래서 미운 정 고운 정 다들어서 끊어지지 않는 끈으로 일생을 묶어 간다는 것이 부부 관계이다. 모래알같이 수많은 이 세상 사람들 중에 너희 둘이 서로가 만나 둘이 하나가 되었으니 이 세상 끝까지 아름답게 살다가 서로 헤어지는 날 하늘나라로 먼저 간 사람을 그리워하다가 그를 찾아가야 하지 않겠느냐?

　나의 블로그의 카테고리 '시몽원 사과밭'에 잔잔한 돌들로 쌓아 올린 두 개의 작은 돌탑을 다리橋脚로 한, 통나무 하나가 다리橋梁처럼 걸쳐져 있는 사진을, 사이버 공간에서 한 번 〈夫婦〉라는 제목을 붙여 놓았다. 나는 그 간단한 구조물 밑에 걸쳐 있는 통나무는 첫째 둘을 이어 주는 소통의 관계라는 이미지를 지니고 있는 것이다. 부부란 서로가 몸과 마음을 소통해서 우주의 존재를 가능하게 하는 존엄한 생명을 이어 가고 있는 것이다. 숭고한 하늘의 뜻인 것이다. 부부 관계의 소통

또한 서로는 물론 우주의 존재를 가능하게 하는 새 생명의 절대 가치이므로 나만을 고집해서는 안 된다는 말이다. 나만을 고집해서는 세상을 단절의 벼랑 끝으로 밀어내는 죄, 사랑과 화목을 포용의 조건으로 내건 장엄한 우주를 거역하는 죄를 짓는 일인 것이다. 나를 잠시만 가라앉히면 그의 연민이 곧 나를 건져 올려 줄 사람인데, 나도 60이 넘은 평생을 살아오면서 나를 가라앉히면 곧 자멸하는 것처럼 생각하여 때로는 가정의 분란을 일으킨 것을 고백하지 않을 수 없다. 참 못난 생각이었다. 서로에게 나를 가라앉히는 양보가 소통의 비법임을 일러두고자 한다.

걸쳐 있는 통나무는 또 서로가 의지하는 관계의 이미지인 것이다. 나는 너의 다리가 되고 너는 나의 다리가 되어야 한다는 부부의 관계를 역설하고 있다고 할까. 이 세상 둘이서 함께 살아가려면 예견하지 못했던 수많은 고난의 강을 건너야 한다. 이때마다 부부는 서로의 다리가 되어 주어야 한다는 말이다. 양쪽 두 개의 돌탑은 부부의 관계인 소통이라는 다리橋梁를 지탱시켜 주는 다리橋脚로서 잔잔한 인내와 노력의 돌을 쌓아 올림으로써 가능한 것이다. 착하디착한 너에게 폭풍같이 느닷없는 충고로 비쳐질지 모르는 이 편지에 다소 당황할지 모르나 애비에게도 저울의 똑같은 무게로 전달하는 말이다. 오늘 가라앉은 네 전화 목소리를 듣고 혹시나 애비와 마음 상한 일이 있었나 싶어서 일러두는 것이다.

詩몽苑사과밭에 있는 이 구조물은 사과밭 여기저기 널브러진 잔잔한 돌들과 뒷산에 베어져 버려진 통나무 하나를 주워 와서 구성한 매우 단순한 그러나 추상을 내걸은 하나의 설치 예술이라 이름 불러도 되겠지. 다음에 시몽원 사과밭에 오면 놓여 있는 이 질박한 부부의 화목과 미학의 예술을 눈빛 맑은 시선으로 감상하기를 바란다. 아름답고 생기 넘치는 가정을 꾸리며 젊음과 사랑을 매일 꽃피워 가거라. 착하디착한 너의 마음에 생채기를 내지는 않을지 모르나 오로지 너희들의 가정이 더 행복하고 즐거움이 넘치기를 바라는 나의 욕심의 발로일 뿐이다. 하나님의 돌보심이 너희들을 반드시 지켜 주고 계시리라. /2012년 6월 30일(토) 오후 계원리 사과밭에서

# 죽이는 일에 익숙해진 죄인이 되어

성폭행 사건의 핫 뉴스, 사법적 결론에 의하면 무고한 양민을 살인한 인혁당 사건의 재점화 등으로 온 세상이 벌집 쑤셔 놓은 듯 했다. 오늘의 우리 사회를 더욱 살벌하게 하는 것은 극악무도한 피의 죄악들이 자기 범죄 행위에 대한 무딘 감각이다. 소름끼치는 일이다. 묻지 마 살인 행위가 백주 대낮에 연출 없는 활극처럼 전개되고 있지 않는가. 문명사회의 기계화와 물기 없는 사이버 공간의 일상화, 성냥갑들처럼 빼곡히 붙어 있는 아파트촌 주거 생활의 가까우면서도 너무나 머나먼 이웃, 그리고 휴대폰의 범람으로 인한 단말기에서 단말기로의 단세포적인 소통 문화 등 지극히 개인주의적인 분열화가 낳은 인간 사회의 변태성인가 싶다. 그리고 마약처럼 빠져들어 간 도시 생활이 그 따뜻하고 풋풋했던 옛 농경사회의 고운 심성과 인정을 까맣게 망각해 버린 뼈아픈 대가가 아닌가 싶다.

도시 생활을 접고 시골로 회귀한 지 오랜 세월이 지났다. 명예퇴직하고 밀양시 곡강曲江 언덕 위에 아담하고 아름다운 전원생활을 하면서 충북 청원에 있는 시동원 사과밭을 오가며 농촌 생활에 제법 익숙해지고 있었다. 그러나 물 맑고 공기 맑은 아름다운 자연 친화적인 시골 생활의 낭만 세계에도 극복해야 할 시련들이 벌레들처럼 징그럽다.

밀양 집과 청주 사과밭 농막에서 일어난 사건(?)의 전말은 나 역시 심성의 밑바닥에 있는 인간의 속성을 노출시키는 잔인성을 고백한다. 밀양 집에서 한밤중에 일어난 사건이다. 슬슬, 슬슬…. 팬티 속의 검은 숲 속으로 무엇이 침입해 기어다니고 있음을 느꼈다. 인생을 살아오면서 많은 피해의식에 시달림받았던 나의 본능적인 고함 소리가 튕겨 나온다. 엉뚱한 외침이다. "도둑이야!" 얼른 침대에서 일어나 불을 켜는 순간 입고 있는 잠옷 아래로 시커먼 지네 한 마리가 툭! 떨어진다. 보호 본능이랄까. 바로 옆의 파리채로 되풀이 내려친 지네의 살생은 너무나 잔인했고 죽음의 시신은 처절했다. 후환을 없애기 위해 두루말이 휴지로 말아 앞마당에서 불에 태워 두 번 죽이는 나의 분노를 지켜보는 것은 입을 다문 밤의 적막뿐이었다. 나를 괴롭힌다는 이유 그것만으로 전기용 파리채로 수많은 모기들과 하루살이 날파리들을 전기로 태워 죽이는 살생 행위의 습관이 순간적으로 밤의 적막을 흔들고 있으나 밤의 적막은 꿈쩍도 않는다. 바위처럼 버티고 있는 밤의 적막이다.

내 존재의 시계 바늘의 움직임을 지속시키고 있는 충청북도 청원군 미원면 계원리에 소재하는 〈詩몽苑〉 사과밭 농막에서 일어난 일이었다. 바로 이곳에서 벌어진 또 다른 살생 사건은 내 영혼에 수이 지워지지 않는 아픔의 얼룩을 남겨 놓고 있다. 무자비한 연쇄 살생 사건이다. 며칠 동안 쥐 한 마리와의 숨바꼭질이 있고 난 후 집 사람의 말 한마디가 눈에 띈다. "끈끈이 판 하나 사야 되겠소." 이 글을 쓰면서 아직도 한쪽 구석에 방치되어 있는 그 제품의 이름을 확인해 보니 '뉴-노런본드'

153

이었다. 잔인하기 그지없는 그 사형대가 쥐의 목숨을 포획하는 노림수는 바로 유혹이었다. 가짜 먹잇감을 부착시켜 놓은 두꺼운 종이판 위에서 체포조인 강력 본드가 기다리고 있는 것이 전부이다. 설치 바로 다음 날 아침이다. 어린 쥐 한 마리가 사형대 위에서 그 절망의 노대 위에서 마지막 힘을 다해 꿈틀거리고 있었다. 살아남기 위한 처절한 몸부림이었다. 눈을 감고 돌아 섰다. 나를 괴롭히는 존재, 저 쥐에 대한 저주는 흑사병이 인간을 죽음의 구덩이에 매몰시킨 무의식의 발로일까. 더불어 살 수 없는 너의 원죄가 내 무의식의 함 모퉁이에서 너처럼 꿈틀거리고 있었다. 하룻밤이 지난 다음 날 아침이다. 두 마리의 새끼 쥐가 또 사형대에 포획되어 있다. 인간의 잔인성 앞에 먼저 생명을 반납한 형제의 운명에 동참한 것이다. 나는 바둥대는 두 마리의 쥐를 외면해 버린다. 또 하룻밤이라는 시간의 페이지를 넘긴다. 깜짝 놀랐다. 큰 쥐 한 마리가 세 마리의 새끼 쥐들 한 가운데서 손을 내민 채 꿈틀거리고 있다. 먹거리의 탐욕에 걸려든 것이 아니라 돌아오지 않는 새끼들을 찾아 나와, 몸을 던져 새끼들을 구하려는 모정이 벌벌 떨고 있었다. 새끼들! 내 생명보다 더 소중한 새끼들! 어미 쥐의 절규가 나의 가슴 한쪽에서 공명되고 있다.

  신으로부터 받은 존엄한 인간의 생명을 패대기치는 편협한 사고 앞에 무기력한 법이 벌벌 떨고 있다는 현실 앞에, 그러나 나는 생각한다. 비록 하찮은 미물이지만 그들도 살기 위해 태어나 아픔을 느낄 줄 알며 모정이 인간보다 더 진할 수도 있을 것인데 되도록이면 살려 주려는 방법을 한 번 생각지도 않고 단지 나를 위협한다는 미명으로 지네를 무자비하게 살육하고, 새끼 쥐들의 생명과 그 어미 쥐의 모정을 잔혹하게 단절시키는 나도 개인주의로 치닫는 단세포적인 인간 생활에 길들여져, 힘없는 하등 동물 세계에 저지르는 무자비함으로 살아가는 죄인이 아닌가 하고. 자연으로 돌아와 자연과 더불어 살아가려는 내가, 앞에서 말한 인간이 저지르는 무모한 살인의 만행을 비난할 명분이 궁색해진다는 내 스스로에게 하는 자기고백이다.

# 노무현 대통령과 동물원

창원-김해 간 국도를 따라가다 보면 〈노무현 대통령 생가〉라는 푯말이 눈에 띈다. '노 대통령 생가' 하면 구경거리의 동물원 아니면 코미디언 생각이 먼저 가로막았다. 그에 대한 나의 편향적 인식 때문이기도 하였으나 간혹 TV 화면에 비치는, 봉화마을 노무현 생가를 찾아온 관광객들의 부름에 실내화 차림으로 마치 무대에 뛰어 오르듯 별안간 나타나 손을 흔드는 철부지 같아 보이는 유별난 모습이 왠지 내 두 눈동자에는 사육사에 의해 길들여진 동물 또는 코미디언 같은 착시현상이 나타났기 때문이다.

나도 퇴직 후에 아내와 함께 여생을 가꿀 요량으로, 어느 날 밀양의 곡강 언덕 위에 작고 수수하지만 하얀 집을 하나 짓고 있는 건축 현장에 들렀다가 집으로 돌아오는 길이었다. 예외 없이 그 팻말이 통행의 훼방꾼처럼 내 눈빛을 꼬집었다. 느닷없는 아내의 제안이 신호등의 좌신호처럼 나의 마음을 대통령의 생가로 꺾는다. 가까이 살고 있었지만 그리고 자주 지나쳐 다녔지만 처음 방문이었다. 두 눈을 가졌지만 한쪽 눈으로만 보려는 또는 두 귀를 가졌지만 한쪽 귀로만 들으려는 마음이 굳어서 돌이 된다는 사실을 이 글을 통해 피력하고자 하는 이유이다.

진영읍 본산리 봉하마을 대통령 생가 바로 앞에 이르자 더운 날씨에 숨이 턱턱 막혔다. '날이 덥다.'라는 단순한 표현보다는 '그날 하루를 장작불 가마솥에 집어넣어 푹푹 삶고 있었다.'라는 과장법이 차라리 언어를 키우는 양식 방법이 될 것이다. 그날따라 유달리 더운 날씨는 전 대통령에 대한 나의 편견을 잔인하게 삶아 발상의 전환을 예고해 주는 대목이었다. 때마침 대통령도 이날을 피해 휴가 중이어서 만날 수 없다는 안내문과 김해시 자원봉사자의 설명을 듣는다. 8월 중 방학 기간 동안 애들이 부모를 따라 많이 방문하므로 미리 휴가를 다녀오는 게 낫겠다는 이유를 전하고 떠났다는 안내자의 이 한마디 말을 듣는 순간 나도 모르게 내 편협했던 머릿속에 번갯불이 연달아 치고 있었다. 실내화를 신고 나타나는 가장 낮은 자세. 밀짚모자를 쓰고 자전거를 타고 둑길을 달리는 진솔함. 동심의 새싹을 짓밟지 않으려는 여린 마음. 돼지우리 같은 그의 생가. 관광버스가 가장 많이 올 때가 하루에 98대 매일 평균 관광객 수가 4천~5천 명, 주말의 관광객 수가 많을 땐 1만~2만 명, 하루 평균 3~5번, 많게는 11번까지 사람들의 호기심을 채워 주는 연극배우가 되고 있는 것. 이런 생각들이 전광석화처럼 내 머릿속을 스쳐 갔다.

　마치 기다렸다는 듯이 나를 쳐다보던 자원봉사자, 전직 대통령을 존경하는 그녀로서는 쓰디쓴 말 한마디를 나에게 던져 주었다. 노 전 대통령의 대화를 귀담아 듣고 있는 자기 아내에게, 진짜 원숭이같이 생긴 방문객 남편이 휴대폰 전화를 걸고 있더란다. "원숭이 그만 보고 빨리 와!"라는 목소리를 도청하였다 한다. 여기 현장에까지 와서 원숭이를 닮은 제 모습을 원숭이 같은 언어로써 스스로 추한 동물임을 확인시키려 하는 그에게 연민의 정을 한없이 느꼈다는 일침이었다.

내 머리가 몇 바퀴 돌고 있는 사이 참 오랜만에 내 손을 잡아 주는 아내가 나의 생각을 눈치 챈 듯 한마디 거들고 있었다. "김영삼, 김대중 전 대통령에게 그 누구 한 사람 보통 사람이 찾아가느냐고?" 맞는 말이었다. 때로는 그들을 찾는 사람도 있겠지만 제 잇속 챙기려는 정치꾼이 하루살이 벌레들처럼 허망이 찾아올 뿐이다. 그러나 노무현 대통령에게는 그들과는 분명히 다른 방문객들이다. 위에서 말했듯이 때로는 원숭이 같은 인간이 찾아오기도 하겠지만 돼지우리 같았던 옛 우리 모두의 생가를 기억하는 민초들이고 어진 백성들이다.

부산 녹산 꼭대기에 타오르는 봉홧불이 김해 분성산의 봉홧불로 그리고 진영 봉화산의 봉홧불로 다시 경남 일원의 봉홧불로 이어져 갔던 소통의 길머리에 자리한 사자 바위가 우리를 내려다보고 있었다. 그 아래의 초라한 집, 돼지우리 같은 집, 노무현 대통령의 생가는 동물원이 아니라 극장의 쇼 무대가 아니라 교육의 성지임에 틀림없었다. 어린이들의 꿈과 의지를 심어 주는 정신이 깃들어 있는 곳이다. 가장 낮은 곳에서도 가장 높은 곳에 우뚝 설 수 있다는 신념의 횃불을 밝혀 주는 가장 낮은 자세의 전직 대통령이 사는 곳, 봉하마을을 뒤로하고 황급히 달려오면서 전직 대통령을 향한 내 편협한 어둠의 가슴에 그를 향한 촛불 하나를 밝혀 놓았다. 지금 참 시끄러운 그에 대한 뒷이야기는 분단된 조국에 대한 그의 아픔을 무자비하게 밟아 버리는 정치 계산이 얄밉도록 뚜벅뚜벅 머릿속으로 걸어 들어온다. 이제는 잘못 인식된 웃음거리의 코미디언이 아니라 불꽃처럼 몸을 던진 영원한 비극의 한 주인공으로 이 세상을 수놓고 간 그의 인간성을 추모한다.

# 지산나박실 산동네

하늘의 작은 모서리 하나로도 족한 듯 11채의 집이 엉겨 붙어 있는 산동네 지산나박실은 우선 담장이나 울타리가 없다. 배타적 이미지로 떠오를 수 있는 경계를 지워 버리고 화목과 우정의 공동 정원으로 펼쳐진 트인 잔디밭이 찾는 이의 부담감을 없애 주고 있다. 산으로 둘러싸여 지붕 위의 벽난로 굴뚝들이 이방인의 망막에 먼저 달라붙는다. 굴뚝의 머리에는 두 개의 연기 출구가 열려 있다. 마치 두 개의 입이 있어도 말 한마디 없는 듯, 두 눈으로 흰 눈 내린 앞뒤 산들만 바라보는 듯, 두 귀로 고요밖에는 들을 줄 모르는 듯, 지붕 위에 내밀고 있는 형상이 마치 펭귄 새들 같은 엉뚱한 환상을 불러일으킨다. 추위를 온기로 끌어당기는 극지의 새들이 고향 얼음 바다 아닌 외딴 산기슭에 내려앉은 채 혹독한 사연들 매만지며 조용한 평화에 안긴 듯한 풍광이 사람들의 발걸음을 잠시 멈춘다. 외롭지 않다며 이곳 떠나지 않는 펭귄 새 같은 굴뚝들이 있는 이곳의 별장 같은 자기 집으로 어쩌다 한 번씩 찾아오는 부부는 도시의 문명에 익숙하여 다음 날 또 어디론가 사라져 버린다.

고독이 흥건히 배인 벽난로 굴뚝들이 낭만의 둥지 속으로 드나드는 그들을 눈 바래기 하는 사이 적막의 풍요를 실효 지배하고 있는 지산나박실 산동네는 한 그루 반송盤松 위에 흰 눈 내린 밤의 고독을 마름질하는 내 집 앞뜰에 아침 햇살의 근육질이 팽팽하다. 둘러서 있는 나지막한 산들은, 한 알의 보석같이 희귀한 이 마을의 이름을 어루만지며 조용히 외딴 이 마을을 사랑하고 함께 지내는 이유이다.

　지나간 겨울이 다시 오기를 기다리며 뒷산에 단풍 붉게 물드는 어느 가을날 마을 잔디밭에서 작은 음악회가 열린다.


## 지산나박실
　– 작은 음악회


오카리나 소리 위에
사랑의 기쁨이 흐르네
숲속의 산새 한 마리
띄엄띄엄 배음을 끼워 넣는
홀딱 벗고 홀딱 벗고
내 귀가 더 넓어지네
사랑하는 마음이 입고 있는 옷
홀딱 벗은 나
작은 음악회 풍경 어우르는 나
네 소리의 징검돌을 딛고
오카리나의 여울을 건너는
부푼 그리움의
등에 업혀가네

* 지산나박실 : 충청북도 청원군 낭성면 지산리 산속에 소재하
  는 작은 전원 마을.


　작은 음악회를 수놓는 오카리나의 연주곡 사이로 느닷없이 끼워 넣
는 뒷산의 숲속에서 산새 한 마리의 울음소리는 사랑의 진실을 깨우친
다. 사랑은 영혼을 불살라야 한다. 배경의 물욕을 탐한다거나 성욕만
으로 때 묻어 있는 사랑의 겉옷을 홀딱 벗어던지고 다가설 것을 새소
리가 화음으로 들려주면서 사랑하는 이를 그리워하는 황혼녘의 전원
마을 작은 음악회의 아름다움이 짙은 저녁노을로 깔리고 있다. 사랑의
음악에 취한 벽난로 굴뚝들이 미소를 머금고 있다.

# 봄처녀 제 오시네

어느 날 내가 졸업한 초등학교 사환이 나를 데리러 왔다. 담임 선생님이 좀 보자라는 것이다. 이런 저런 생각들을 발길로 차며 색 바랜 붉은 양철 지붕의 사택에 이르자 수국 향기 같은 선생님의 체취가 문밖으로 물씬 배어 나오는 기분이었다. "선생님!" "엉, 부룡이(당시 선생님은 나의 이름을 늘 이렇게 부르셨다.) 왔나? 그간 우찌 지냈노? 동식(가명)이는 진주중학교로 갔는데 니가 집에서 그래이 있으니 가슴이 메인다." 동식이는 양조장 집 아들로서 공부를 잘하였고 그의 아버지께서 나를 붙여 담임 선생님께 과외 공부하는 것을 받아들여 새벽마다 학교 관사 자택에서 같이 공부한 동급생이다. 나에 대한 안타까움에 더하여 추측건대 나에 대한 측은함은 물론 당시만 해도 지방 명문 중학교에 제자를 내보내고 싶었던 선생님의 순수한 욕심이었을 것이다. 오랜만에 만나 바로 앞에 있는 제자를 보고 있던 선생님은 진짜 해야할 말씀을 슬그머니 끄집어낸다. "입학금을 내가 보태 줄 테니 늦었지만 공민학교라도 다녀라."고 하셨다. 입학 시즌이 거의 2개월이 지나서야 상리 공민학교의 1학년 중학생이 된 것이다. 당시 공민학교는 가난한 빈농들의 아들딸들이 정규 중학교는 못가고 공납금이 반 이상 싼 덕분으로 다니는 학교로 졸업생은 영어, 수학, 국어, 국사 등 네 과목의

163

검정 시험에 합격해야 비로소 고등학교 입학시험을 칠 수 있는 반쪽짜리 중학교였다.

이렇게 입학한 공민학교에서 만난 은사님들 중 잊혀지지 않는 또 한 분의 스승이 있다. 흙바닥인 채 흙냄새 나는 교실의 학교, 긴 책상과 긴 의자에 여러 학생들이 앉아 수업을 받는 빈자들의 아들딸들이 다니던 그 공민학교였지만 사랑과 우정과 즐거움이 넘치고 정겨운 스승이 있고 순종하는 제자가 있는 믿음의 학교였다. 다 훌륭한 스승들이었지만 그중에서도 음악 선생님이 기억 속에 좀처럼 지워지지 않는 데에는 그만한 이유가 있다. 다른 과목들도 가르쳤지만 특히 음악 시간이 되면 오로지 그의 육성으로 명곡들을 배우고 함께 따라 부르는 시간이었기 때문이다. 악보도 제대로 연주하지 못하는 스승의 결점이 문제될 것이 없었다. 지긋한 나이의 텁텁한 목소리로 울려 퍼지는 그의 정다운 목소리도 목소리이거니와 언제 어디서 그 많은 명곡을 익혔는지 신기할 정도였다. 졸시 〈강물〉을 잠시 음미하고 넘어가자.

## 강물

두 달 늦게 입학한 공민학교는
아이들이 흙과 돌 날라 지은 초갓집이었습니다
장터 국수집 긴 의자와 황토바닥 교실에
음악 시간이 오면

미술 도덕 지리 체육 다 가르치는 음악 선생님
육성이 우리들의 풍금 소리이었습니다
풍금 소리에 새순처럼 행복 돋아나
봄처녀 제 오시네 바위고개 산유화
돌아오라 쏘렌트로 비목 다뉴브강
함께 따라 부르던 노래 소리는
콩밭 메는 어머니 가슴에 은빛금빛 물결
흐르는 강물이었습니다


　음악 선생님이 가르쳐 준 〈봄처녀〉의 노래는 기억 속에 한 송이 향기로운 꽃처럼 머물고 있다. "봄처녀 제 오시네/하얀 구름 너울 쓰고/진주이슬 신으셨네/꽃다아발 가슴에 안고/뉘를 찾아오시는고" 이와 같은 봄날에 음악의 이론도 없고 가난의 땅에 피아노 한 대도 없었던 그 공민학교였지만 육성으로 밖에 가르치고 배울 수밖에 없었던 스승과 제자들, 아름다운 명곡들을 흙냄새 나는 토담 교실에서 그와 아이들이 함께 부를 때면 비록 엉성하지만 소년소녀들이 토해 내는 그 기쁨의 화음이야말로 진정 인간을 꽃피우는 하나의 교향시로 승화되고 있었다.
　자식을 위한 지나친 학부모의 과대망상증으로 스승을 괴롭히고 죽음으로 몰고 가는 불행을 상상조차 할 수 없었던 시대 상리 공민학교라는 그 배움의 징검다리와 가슴 아픈 내 굴곡의 사연이 얽히고 얽힌 또 하나의 징검다리 부산 덕원중학교를 거쳐 경남 사천중학교를 졸업하게 된다. 봄처녀 제 오시는 길 그 희망의 길처럼 초등학교 담임 선생님이 길을 터 준 배움의 행로 특히 그 공민학교는 채 1년도 못 다녔지만 보석처럼 말없이 추억의 알맹이로, 선생님의 그 은혜와 더불어 내 영혼 속에 영원히 묻히어 있다.

# 경계와 모래알의 인간관계

KBS 아침 방송 프로그램 〈아침마당〉을 가끔 본다. 물론 생각하는 자유는 인간의 존재가치와 나아가 그 생명을 가지고 있다. 아침마당도 생각을 격식 없고 허물없이 풀어놓는 말의 마당이므로 담장과 벽이 없다. 비록 이 프로에 대담자로 나온 분들의 숫자와 방송 공간은 제한되어 있지만 이 분들의 말 한마디 한마디는 너의 말이고 나의 말이고 우리 모두의 말이다. 아침마당은 대부분 공간이 확대된 많은 사람들의 생각이 꽃잎처럼 피어나는 한 송이 꽃이랄까. 우리 사회 각계각층의 생각들, 그 지류의 물들이 모여들어 어우러져 아침에 이는 강물의 은빛금빛 물결이랄까. 그런데 오늘 아침의 주제는 '왜 연락도 안하고 오셨어요?'이다. 생각의 자유에 하나의 빗금이 그어지고 있었다.

시아버지의 입장이 된 필자로서는 며느리에게 이 말의 화살이 바로 날아간다. 이 프로를 시청하고 있을지 모르는 필자의 착하디착한 며느리는 설령 그 말이 마음속에 와닿는다 해도 그에게는 살짝 와닿아 느끼는 동조감의 자극제 정도에 지나지 아닐 것이므로 이 글을 쓰는 자유를 느낀다. '왜 연락도 안하고 오셨어요?'란 이 말은 오늘 아침, 봉건적 가족공동체 의식에 편들고 있는 나에게는 상당히 거북스럽게 받아들여지고 있었다. 서구 사회의 합리성과 사회적 가치만의 지향성, 더 나아가 기계가 가진 차가운 무관심이 낳은 게오르규의 《25시》가 오버랩되고 있었기 때문이다. 적어도 어머니에게는 자식의 집은, 찾아가 그들이 사는 향기를 맡고 싶은 한 떨기 풀꽃이다. 이 세상 그 어떤 것과도 바꿀 수 없는 사랑하는 자식에게 자유롭게 다가서려는 어머니 앞에 가로막는 장벽의 담벼락처럼 와닿았을 것이다.

일부 대담자들의 생각은 상당한 대립각을 세운다. 이들 주장의 합리성을 부정하는 바는 아니다. 그러나 필자는 바로 이 말이 지니는 오해의 소지는 물론 그 이면에 엄청난 무서움을 동반하고 있다고 생각하기에 일방적인 합리성만으로 밟고 넘어 갔다는 사실을 반추하지 않을 수 없다. 이들의 주장의 합리성은 대체로 이러하다. 아무 준비도 돼 있지 않는 상태에서 불쑥 나타난 시어머니의 거동은 며느리라는 한 인간의 자유를 침해하므로 바람직하지 않다는 것이고 어머니의 그 태도는 바람직하지 못하다는 입장의 말들이다. 나름대로 합리성을 지니고는 있다. 그러나 이들의 주장은 차갑게 물드는 핵가족 신봉의 표어들이다.

이들과는 대조적인 대담자인 잘 알려진 한 탤런트와 젊은 성우 등 대담자들은 상반된 의견에 떠밀리고 있었다. 그러나 우리 사회를 따뜻한 온기로 품어 왔던 전통적인 가치관에 생채기를 내는 말인 '왜 연락도 안하고 오셨어요?'가 자유의 품 안에서 그 생각은 가질 수 있으나 문제는 여과 없이 내뱉는 며느리의 당당함이다. 이 땅이 추구해 온 가족의 믿음과 정情의 소통에 경계의 선이 드리워지고 합리성만의 모래알들을 긁어모으는 태도가 더 넓은 사회 속으로 침투하고 있는 이 시대

168

의 삭막한 인간성에 슬픈 겨울눈이 내리고 있는 느낌이다.

옛날에는 아무 사전 연락도 없이 찾아온 우체부가 집의 대청마루 축담까지 올라와 반가운 소식의 편지를 전해 주었지 않았던가. 남의 가정의 자유를 침해한다고 '왜 연락도 안 하고 오셨어요?'라고 핀잔을 주지 않았다. 가족 외적인 타인이나 이웃의 불시 내방에 조차도 아무 거부감이 없었으며 개인의 프라이버시 운운하지도 않았으며 오히려 믿음과 따뜻한 정情의 사회 응집이 이루어졌으므로 건강한 가족 관계와 사회가 존속되고 있었던 것이다.

가장 핵심을 이루는 온기의 가족 관계의 싸늘한 경계선이 두터워지고 있고 아들 집에조차 마음을 미리 켕기며 찾아야 하는, 그렇지 않으면 '왜 연락도 안하고 오셨어요?'라고 썰쭉한 핀잔을 받아야 하는 합리성만을 내세우는 우리 사회는 물론 가족 관계까지 모래알의 사막화가 더 넓게 가속화되어 가고 있지는 않는가. 믿음의 인정이 아름다운 꽃동산 그 향기로운 인간사회 우리 조금씩이라도 가꾸어 나갔으면 하는 옛 그리움의 물결이 마음속에 밀려드는 지금이다.

# 아름다운 언어의 꽃

사우디에서 근무할 때 어느 외국인 회사 엔지니어의 말이 기억난다. 수십여 년 전에 그가 말한 "피로가 온몸을 기어다니고 있다.(Fatigue is creeping all over the body.)"라는 짧은 그의 말 한마디는 꽃보다 더 아름다웠다. 아직도 시들지 않고 있는 그의 언어의 꽃, 서둘러 달라는 나의 독촉에 미소를 담아 되돌려주는 대답이었다. 한국인의 빨리빨리에 대한 그의 대처법은 오묘하고 감칠맛이 나는 행동과 언어의 온유함이었다.

조선일보 창간 특집 "명품 언어가 품격 사회 만든다." 기사를 접하여 우리 사회와 특히 내 자신의 투박한 언어생활을 반성하며 그 내용을 짚어 가면서 글을 이어 간다. 첫째, 고운 말의 싹을 틔우고 배설하는 언어에서 배려하는 언어로 바뀌어야 한다는 것이다. 인디언들에게 '말'은 생명의 숨결이자 자신의 영적 상태를 보여 주는 상징임을 지적하고 있다. 그들에게 언어는 단순히 '뱉어 내는' 의사소통의 도구가 아닌 것이다. 한 인디언 연구가는 "태초에 신이 인간에게 준 생명이 언어라고 믿는 인디언들은 감히 말로 남을 해코지하거나 모욕하는 것을 상상하지 못한다. 결국 자신이 오염된다고 믿기 때문이다."라고 말한다.

오늘, 대한민국의 말 풍경은 어떠한가. 영적 통찰로서의 언어는 고

사하고 비난과 야유, 즉흥적 배설을 위한 상스러운 말들이 여기저기 날아다닌다. 다행히 언어의 격, 소통의 격을 높이려는 노력들이 사회 곳곳에서 일고 있다. 요즈음 아파트 층간의 소음 문제로 갈등이 많아지고 있다. 여기에도 아름다운 언어의 꽃 한 송이가 피어 있다. '당신은 지금 나의 하늘을 밟고 계십니다.' 서울 이촌동 강촌 아파트 게시판에 적혀 있는 글귀라고 한다. '실내 소음을 자제하자.'는 내용의 게시물 맨 윗줄에 김승희의 〈윗층사람〉이란 시詩에 나오는 한 구절을 인용하여 제목으로 뽑은 것이다. '쿵쾅거리지 말라.'고 직접 말하는 것보다 훨씬 더 호소력이 강한 것이다.

둘째, 리더의 말이 중요하다. 의회에 지각해 '게으르다.' 비난을 받은 처칠은 "예쁜 아내와 살다 보니 일찍 못 일어나."로 응수한다. 윈스턴 처칠 영국 수상이 30분 늦게 의회에 참석했다. 정적政敵들이 '게으른 사람'이라고 비난하자 머리를 긁적이며 "예쁜 아내와 살면 일찍 일어날 수가 없습니다. 다음부터는 회의가 있는 전날 각방을 쓰겠습니다." 라고 답해 회의장을 웃음바다로 만든 것이다. 영국민의 익살과 유머의 격을 높여 놓았다. 리더의 말은 국민의 말을 이끄는 마차이다. 지도자의 막말 한마디가 나라의 품격을 얼마나 떨어뜨리는지 이 시대에 우리는 쓴 경험을 겪고 있다. 커뮤니케이션 전문가들은 "배려하는 말하기, 경청 훈련은 어릴 때부터 이뤄져야 한다."고 입을 모은다. 특히 유머 감각은 부모의 창의력과 긍정적인 사고방식에서 지대한 영향을 받는다. 말썽꾸러기에 학교 공부는 꼴찌였던 에디슨을 역사에 기록될 위대한 발명가로 만든 말 한마디는 "톰, 네가 너무 우수해서 학교 공부가 널 따라오지 못하는구나."라고 격려한 어머니의 말이었다.

요즈음 북한 방송 매체의 남녀 아나운서가 뱉어 내는 독설들은 언어라기보다는 그 자체가 살기이고 날선 칼이며 피비린내 나는 도끼 같은 느낌을 준다. 방송 언어는 남녀 그 개인의 언어가 아니라 방송국의 언어이고 어떻든 북한이라는 일방적 한 집단의 언어이다. 대화 자체가 길들여지지 않는 살벌함과 적대시의 어조로 가득 차 있는 것이다. 백의민족의 후예들의 눈과 입가에 슬픈 안개가 자욱해진다. 같은 민족으로서 절제되고 다듬어진 언어로 거부감 없이 그들의 방송을 들을 수 있는 그날이 어서 오기를 기대하는 마음의 물결이 인다. 언어 때문에 울고 언어 때문에 웃고 언어 때문에 폭발하고 언어 때문에 가라앉고 언어 때문에 사랑하고 언어 때문에 존경하고 언어 때문에 못 잊고 언어 때문에 춤추고 언어 때문에 죽고 언어 때문에 살아나는 우리 사회에도, 물론 극한적이지는 않지만 일상생활의 다듬어지지 못한 언어들 대신 우리 다 같이 미소 짓는 행복한 아름다운 그 언어의 꽃을 매일 한 송이라도 삶의 동산에 피어나도록 해 보자. 미소도 하나의 언어의 꽃인 동시에, 그 꽃을 가꾸는 마음의 물방울이기도 하다. 우리 집의 별장 송월당松月堂 앞에 '미소 한 방울을'이라는 글귀의 서각을 세워 놓은 이유이다.

# 미주지역 여행 메모

이 글은 필자가 미국, 캐나다, 멕시코 주요 관광지를 여행하면서 안내 책자와 여행 가이드의 설명을 참고 하여 기록해 놓은 여행기임으로 내용과 수치들이 일부 명확하지 않을 수 있음을 먼저 말해 둔다.

## (1) 개발을 보류하는 나라, 캐나다

삼림 자원으로 300년, 석유 자원으로 200년, 석탄 자원으로 200년, 유황 자원으로 100년, 수상 자원으로 200년 등 풍부한 천연자원의 국가로서 천년왕국을 자랑하는 이 나라는 삶의 여유와 건강미 넘치는 무한한 잠재력의 국가 이미지를 머금고 있었다. 한반도의 45배나 되는 광활한 국토에 인구 1천 9백만이 살아가는 이 나라가 유일하게 발전시킨 무공해 원자력 산업이 말해 주듯이 천혜의 천연자원 보고를 바탕으로 인간 생명의 존엄을 지상제일주의로 삼는 고집을 손에 쥐고 있다 한다. 이러한 인간 존엄의 사고는 안내자의 엉뚱한 설명으로 우리의 상식을 무너뜨린다.

그가 가리키는 교도소 건물의 당당함이 설명을 앞지른다. 마치 호텔을 연상케 할 정도의 현대식 아파트 건물이 바로 그 교도소 건물이라니. 실제로 그 속의 생활 또한 일반인보다 훨씬 잘 먹고 침대 침실에다 간이 골프장 등 편의시설이 제공되며 누군가 면회라도 오면 3박 4일간의 휴가도 준다고 한다. 범죄자들의 온실 아닌가 하는 나의 단순한 상식을 뛰어넘어 자유의 가치와 소중함을 인식시켜 새로운 인간을 만들어 가는 선진 교도행정이 어머니처럼 그들을 보살피고 있는 것이다.

벤쿠버 시내로 들어서자 매연을 내뿜는 차량은 구경할 수가 없고 오직 전기 버스와 완벽한 배기장치의 자동차들만이 조용한 운행을 하고 있었다. 여기저기서 빵빵거리는 미개국의 교통문화를 조용히 타이르는 듯한 자성의 가시방석에 앉아 있는 순간이었다. 일행은 벤쿠버의 유명한 공원 Stanley Park에 들렀다. 이 공원에 나 있는 9km나 되는 긴 산책로는 60년의 건설 공사 기간이 걸렸다는 안내자의 설명이다. 999년 된 수목 등 태고의 원시림을 보호하기 위한 노력 때문이었다고 한다. 우리나라처럼 오래된 고목들을 마구 잘라 쥐 파먹은 듯 나라 전체의 벌거숭이산을 만드는 우를 범하지 않는다. 자연을 아끼고 사랑하는 캐나다인들에 대한 존경심을 넘어서 어떤 경외심에 작은 전율마저 느꼈다.

이 공원과 도심 사이에 파고든 호수 같은 바다 Burrard Inlet에는 수상 비행기와 같은 고급 레저 시설을 갖추고 미국과 유럽의 부호 관광객들을 끌어들인다고 한다. 지구 온난화 현상으로 인해 알래스카

빙하가 흘러내려 칙칙한 바다의 소금기 냄새가 전혀 나지 않는 그리고 맑은 공기 어우러진 천혜의 휴양도시 벤쿠버에서 필자는 아이러니컬하게도 병든 지구 앞에 서서 어느새 우울한 마음으로 짓눌려 있었다. 1996년 9월 11일 일행은 캐나다와 미국의 국경 검문소를 통과, 시애틀로 향했다. 시애틀의 길목에서 나의 졸작 〈연인들〉의 소재를 얻는다.


## (2) 자기 행복을 음미하는 시애틀의 걸인

다음 날 시애틀에 거주하고 있는 친구의 안내를 받아 잠시 시내 쇼핑을 나갔다. Federal Way라는 도로를 들어서는 순간, 삶의 운치 같은 재미있는 광경을 목격하게 되었다. 두 남녀 흑인 걸인이 길가에 서서 즐거운 표정으로 한참 동안 입맞춤하고 난 후에 그들은 구걸이라는 생존의 비즈니스를 위해 각자의 위치로 되돌아가는 사랑과 평화의 모습을 보고 참으로 묘한 생각이 가슴으로 스며들었다. 행복이란 무엇일까? 삶의 뒤안길에서 삶을 즐기는 그들만의 영원한 사랑과 진정한 행복을 거머쥐는 걸까! 따뜻하고 화창한 9월의 길목에서 두터운 검은 외투를 걸쳐 입은 낭인들은 나의 시계視界를 흥건히 적시며 차창 밖으로 멀어져 갔다.

## 연인들

빛바랜

검은 넝마 걸치고

미소 짓는

시애틀의 두 남녀 걸인

허공의 벽에 걸어 놓은

그들 자화상은

내 고향 산자락에

주검으로 다시 살아난

두 그루

고사목

## (3) 거대하고 광활한 캘리포니아 그리고 아름다운 도시 샌프란시스코 금문교의 비경

수심 100m 밑의 지반을 뚫고 수면 위의 천공을 치솟아, 인간의 시선을 제압하고 있는 이 주황색의 다리는 최첨단 기술공법의 출렁이는 다리이다. 다리의 관리를 위하여 1,250명의 인원이 종사하고 있으며, 웅장하고 아름다운 이 비경에 매료되어 현재까지 1,500명의 사람들이 꽃잎처럼 떨어져 내려 죽었다는데 이 숫자를 채우기 위해 20명이 동시에 자살했다는 진기록을 가지고 있다고 한다. 믿어지지 않는 이 이야기의 진위는 알 수 없으나 꿈속에서는 단 몇 초 동안에 일생이 진행된다 하니 오래 살기 위해 발버둥 치는 추태와 비교되는 낭만의 극치이다. 짧은 인생 타령으로 절임 배추처럼 기죽어 사는 바보로 낙인 찍히지 말자. 사실 우리는 너무 오래 살고 있지 않는가. 금문교 다리는 반문하고 있다. 당시 대통령을 비롯한 거센 반대 여론을 반전시켜 순수 민간 자본으로 이 비경의 다리를 건축한 사람은 독일계 미국인 Josep Straus라는데, 전 세계 유명한 다리 4,000개를 건설한 사람으로 링컨 대통령과 함께 미국인이 가장 추앙하는 역사적 두 인물 중의 한 사람이다. 천공을 휘어잡는 거대한 금문교는 오늘 따라 잠시 자신의 모든 자태를 드러내려 하지 않는다. 하늘과 안개에 묻혀서 이 시간 비경의 숭엄미를 더욱 농축시키려는 의도인 것 같다. 유람선을 따라 선상을 배회하는 한 쌍의 갈매기가 지닌 눈빛이 그러하다. "인간이 자연의 신비를 추구하고 역으로 자연이 인간의 신비를 탐색하려는 은근한 질투와 시기가 뒤엉켜 꿈틀거린다고." 생각하면 1,500명의 생명을 불꽃처럼 태워 버린 미학의 신전 같은 저 근엄한 꿈의 형상에 접하여 초라한 이 나그네의 심상으로 무엇을 이야기 한다는 것이 차라리 미안할 뿐이다.

## (4) 인디안 구길을 따라서

미국의 금강산이라 불리는 요세미티 공원으로 가는 계곡 길 아래엔 네바라스카 산맥의 만년설이 녹아내리는 맑고 때 묻지 않는 시냇물이 순박한 천성을 드러내고 있었다. 1,800명의 인디안 토벌대가 거주했던 곳으로부터 거의 한 시간 동안 이어지는 이 시냇물 옆 구길을 이용하여 미국인 기마병들이 인디안 소탕을 위한 잔인한 인간 살육을 자행했다 한다. 필자는 이 개울을 가운데로 하여 구 도로와 병설시켜 놓은 관광 도로를 버스로 달리면서 인간 생존을 위한 비정한 힘의 논리를 앞세운 거대한 미국의 위선을 순간적으로 증오했다. 캘리포니아 알래스카주를 중심으로 세계 최대의 석유매장국인 이 나라는 석유 한 방울 캐내지 않고 자국민의 보호와 미래를 위해 건강한 영토와 건강한 정신을 축적해 놓고 있다는 사실, 제2차 세계대전 당시 12개의 원자탄을 제조, 일본 열도를 송두리째 날려 버리려 했으나 단 2개만을 히로시마 상공에 투하시켜 일본의 목을 졸랐던 강국의 자유의 여신상이 머금고 있는 미소와 함께 미국이 지니는 이원적 심상으로 와닿고 있다.

## (5) 리버모어 풍력발전소

미국의 금강산이라 불리는 요세미티 국립공원으로 가는 도중에 나지막한 산등성이들 위에 어린이 장난감 같은 바람개비들의 수많은 행렬들을 보며 탄성을 지른다. 이곳이 바로 세계 최대의 풍력발전단지로서 이 풍력발전기 기둥 한 대의 설치비가 1억 원, 한 대의 발전량은 15가구가 11년 사용량의 전기를 생산하는 것으로, 총 8만 대가 설치되어 있단다. 이처럼 미국인의 생활 저변에는 낭만과 과학과 실용성의 커다란 실타래를 술술 풀어 쓰는 계획성과 지혜와 조화가 흠뻑 배어 있음을 엿볼 수 있는 또 하나의 대표적인 장면이었다.

## (6) Kim's Farm(김 씨의 농장)

캘리포니아주에 있는 농장 소유주는 비행기로 자기 농장을 둘러보아야 할 정도의 규모다. 필자가 놀란 것은 이미 60년대에 그 광활한 농장은 물론 비경작지의 65%까지 스프링클러 시스템의 설치가 완료되어 있다는 사실이었다. 두 번째 놀란 것은, 바로 일자무식꾼인 경남 사천 출신의 한국인 농부가 순 한국식의 무공해 인분 거름을 개발 캘리포니아주에서 10번째 꼽히는 큰 농장의 소유자가 되었다는 사실이었다. 학벌의 교만을 웃음거리로 다리 밑으로 내던져 버리는 순간이다.

# 척번정리(滌煩亭里)

내가 태어난 곳은 경남 고성군 상리면 척번정리滌煩亭里이다. 척번정리는 번뇌를 씻는 정자나무가 있는 마을이라는 뜻이다. 사실 이 마을 동편에는 내 어린 시절 떠오르는 태양을 아침마다 나에게 고이 데려다 주던 수호신 같은 근엄하면서도 인자한 느티나무 하나가 거느리고 있는 쉼터가 있다. 문학평론가이면서 민속연구가이신 김열규 교수는 "이 세상에서 가장 멋있는 마을 이름"이라고 주저 없이 말한다.

친구들이 호를 하나씩 가지기 시작하는 걸 지켜보면서 나 같은 경우는 내놓을 것 없이 평범하게 살아온 주제에 이름 이부용이면 됐지 호 따위가 뭐 필요하겠나 생각해 왔지만 인생 여정 나를 따라다니던 이름이, 삶이 닳은 것만큼 생기도 없이 축 처져 있는 것 같아 이제 저도 좀 쉬어라고 어루만져 주면서 가급적 안으로 밀어 넣고 싶다. 척번정滌煩亭이라는 호를 내걸고 수도하는 마음으로 남은 세상 살아가야 하겠다는 생각이 들지만 변변찮은 주제에 고향의 그 정자나무 이름을 욕되게 하리라는 망설임이 가로막는다.

호를 짓는 방법 중의 하나로서, 자신이 태어난 고향의 지명이나 산 이름, 또는 자신이 오랫동안 살았던 지역의 지명을 따서 짓는 방법이었다. 퇴계는 자신이 거주했던 토계리의 계溪 자를 따서 퇴계退溪라고 하였으며, 율곡은 밤 골 마을인 율곡리에서 율곡栗谷이라고 하였고, 화담 서경덕은 그가 제자들을 가르쳤던 곳에 있었던 연못 이름이 화담花潭이었으며, 허균은 그가 태어난 강릉 교산의 이름을 따서 교산蛟山이라고 하였고, 연암 박지원은 그가 오래 살았던 황해도 금천에 있는 연암협의 연암燕巖을 따서 연암이라 했다고 말하고들 있다. 그러나 아무리 생각해도 세계에서 가장 아름다운 마을 이름을, 앞에 언급한 현인들처럼 고향을 대변할 업적이나 명성도 없는 주제에 내 호로 삼기에는 무례하고 좀 과분한 생각이 들어, 친구 한 분이 불러주는 '문암文巖'을 내 호로 삼기로 했다. 바위처럼 과묵하여 가볍지 않고 깊이 사색하는 자세로 글을 쓰자는 스스로의 다짐이기도 하다. 그러나 나의 호를 불러 주는 사람은 가뭄에 콩잎 돋아나는 정도이다. 건강한 삶에 대한 미지근한 의욕과 글 쓰는 일에 최선을 다하지 못하는 나의 게으름과 모자람에 대한 반증 아닐까. 고향 척번정리의 그 정자나무는 마을 사람들을 대신하여 나의 호를 불러 주기라도 하는 듯 나를 잊지 않고 있는 한 그루 추억으로 가슴 한가운데 자리하고 있다.

그 정자나무는 한여름 더위를 식혀 주는 그늘을 펼쳐 주었으며 어른, 아이 할 것 없이 나뭇잎의 그늘 그 은전을 고맙게 즐기면서 이웃의 다툼 한 점 없이, 내답산과 용틀산을 앞뒤로 하여 화목을 껴안고 사는 행복을 누리게 해 주었던 것이다. 그곳의 그 나무는 생각만 하면 옛 고향 친구들과 마을 어른들의 정겨운 이름과 택호들을 하나하나 다시 들려준다. 마을을 지키며, 번뇌와 미움과 질투와 조금의 우월감마저 늘 씻어내 주던 척번정滌煩亭 마을의 정자나무는 아직도 내 고향 마을과 나의 수호신으로 그곳을 지키고 있다.

# 웃음의 꽃밭

　몸을 던져 교인들은 물론 지인들의 어려움을 덜어 주려고 늘 애쓰는 순복음유구교회 목사님이 웃음꽃의 모종을 보내어 주어 여기 그 텃밭을 가꾸어 활짝 피어 있다. 절망하고 우울하고 고독한 사람에게는 웃음이 메말라 있는 것. 목사님의 일상에서 느낄 수 있는, 이들에 대한 애정과 배려하는 마음을 확인하는 지금이다. 소탈하고 질박함의 자세로 성도들에게 다가와 주기에 언제나 편안함을 가진다.

　즐거움의 맛은 한 방울의 미소에도 젖어 나오게 된다. 자칫 웃음을 잃기 쉬운, 바쁘고 삭막한 현대 생활에 윤활유를 제공해 주는 이 웃음의 텃밭이 되었으면 하는 바람에서 목사님의 도움으로 재미있고 오묘하고 그리고 감칠맛 나는 언어의 묘기를 펼쳐 놓는다. 미소 한 방울씩 보태어 달라는 웃음 꽃밭이다. 잠시 멈추어 미소 한 방울씩 떨어뜨리고 지나가자. 산다는 재미의 체험이고 선물이 될 것이다.

　비극이 희극보다 삶의 진리를 더 진하고 강하게 우려낸다고 한다. 셰익스피어의 4대 비극이 이것을 잘 말해 주고 있다. 그러나 희극은 경박한 것 같지만 즐거운 웃음을 자아내고 우리의 삶을 정원의 꽃처럼 밝고 환하게 밝혀 주는 본질을 담고 있다. 진리의 접근도 중요하지만 즐겁기에 행복한 단조로운 접근도 필요한 것이다. 원산지는 모르겠으나 목사님이 모종을 주시어 가꾸어 놓은 웃음의 꽃밭에서 그 즐거움의 맛을 음미해 본다.

- 머니(money): 영어로 돈이라는 이 말은 여러 가지 숨은 뜻이 있단다.
- 도둑이 가장 좋아하는 머니는: 슬그머니
- 달걀 장수가 가장 좋아하는 머니는: 에그머니
- 손주가 가장 좋아하는 머니는: 할머니
- 할아버지가 가장 좋아하는 머니는: 아주머니
- 해 볼 테면 해 봐: 해돋이를 보려고 동해안 정동진으로 갔다. 새벽에 황홀하게 해돋이가 이루어지고 있었다. 해와 나의 눈이 마주쳤다. 느닷없이 해가 다소 안 좋은 기색으로 나에게 묻는다. "어떻게 왔냐?" 나도 약간 시비조로 대답했다. "해 보려고 왔다." 그랬더니 해가 정색을 하고 투박한 한마디를 돌멩이 던지듯이 던진다. "해 볼 테면 해 봐!" 그의 말을 듣자마자 내가 싱긋이 웃으니 해도 하얀 이빨을 드러내고 따라 웃는다.
- 물가가 높은 이유: 간단한 대답이다. 물가에 있으니까 그렇다. 우리는 불경기에 물건값이 오르면 "물가가 높다."라고 말하기 때문이다.
- 노사연: 그녀는 세상 살아온 사연이 많았지만 사연이 없는 척 못 박아 놓았다.
- 안철수: 가장 장수하는 정치인. 정치의 전쟁터에서 끝까지 철수하지 않는 투철한 자기 신념의 포로로 잡혀 있기 때문에.

- 절이 망하지 않는 이유: 새벽마다 교회에서 우리 절망하지 않게 해 달라고 기도하니까.

- 전화위복: 전화 위에 복이 있다. 전화 위에 무슨 복이 있냐? 그렇다. 오랫동안 친구의 전화 한 통 없어도 내가 먼저 전화하라. 친구의 우정이 되살아나 굳어지는 복이 주어진다.

- 헐레벌떡: 가장 빠르게 만들어진 떡

- 백조: 100조의 재력을 지닌 엄청나게 많은 재산을 가진 새.

- 후다닭: 후다닥 뛰어가기도 하고 급하면 후다닥 날아가기도 하는, 닭들 중에서 가장 빠른 닭.

- 아까운 사람: 조금 전에 울고 있었던 사람. '아까'라는 말은 순수한 우리말로서 '조금 전에'라는 뜻이다.

- 아메리카노: 내가 잘 아는 지인의 안내로 차 한 잔 마시러 유구읍에 위치한 건물 카페 안으로 들어서는 순간, 문패 하나가 잠시 멈추어 서라고 한다. 〈moracano〉 영어 발음 그대로 소리 내면 모카노이다. '무엇이라 말하느냐.'의 경상도 사투리이다. 문패에게 모라카노라고 되물어 보았다. 아메리카노를 흉내 낸 말이란다. 우리는 '아, 모라카노?'를 되풀이 말하면서 아메리카노 커피 한 잔을 맛있게 마시며 즐거운 시간을 보내고 있었다.


근심과 고뇌의 그늘을 허락하지 않는 웃음꽃밭을 산책하면서, 행복은 결코 물질적 풍요에서 우러나오는 것만이 아니라 스스로 가꾸는 영혼의 만족과 즐거움을 맛보는 데 있음을 다시 깨닫게 된다. 목사님이 건네준 웃음의 모종을 심어 가꾼 꽃밭, 순복음유구교회 목사님의 순수성의 인간 향기가 물씬 풍기고 있는 지금, 짙은 자유와 달콤한 행복감에 흠뻑 젖는 시간이다.

# 초등학교 졸업이라는 단 한 줄의 경력

아내의 모교인 유구초등학교 동기생인 어느 시인이 부탁하는, 시집 평설을 쓰면서 아침 햇살처럼 와닿는 그의 경력이 눈부시었다. 다음의 글로써 평설을 마무리하고 있다.

"필자는 이제 들판에 거짓 없는 꽃처럼 피어 있는, 순수의 미학을 가꾸어 놓은 시인의 시들을 쓰다듬으면서 나는 그의 초등학교 졸업이라는 외로운 경력을 사랑하며, 전 인류의 스승이자 구원자이시며 하느님이신 예수님이 초등학교도 나오지 않았다는 기념비 같은 비석 하나를 시의 꽃밭 앞에 세워 놓는다."

순수를 가꾸고 있는 그의 시들 가운데에는 인간 삶의 별빛이 반짝이는 시들이 눈길을 끌고 있었다. 단 한 줄의 경력이 펼쳐놓은 시詩들은 공주시 유구읍 구계리라는 산촌의 고향과 그 가난한 흙과 더불어 오로지 자식들을 위해 생을 희생한 어머니 아버지에 대한 그리움, 그리고 그들의 편에 서서 산새들이 노래하고, 개울이 물소리를 지저귀고, 침묵하지만 야트막한 산의 짙푸른 숲과 이곳저곳 흐드러져 피는 야생화 꽃들의 진실을 펼치면서 그 속에 흐르고 있었던 부모님의 짙은 사랑을, 대체로 기교 부린 흔적 없이, 다소 투박하지만 그러나 문명의 때 묻지 않은 자연석의 잔잔한 돌 같은 시어들로 깔아 놓고 있었다. 시인 그 인간성의 발로이었다. 이 세상 곳곳에 하느님이 다 가실 수가 없어서 대신 어머니를 보내시었다고 한다. 그의 시 〈어머니의 뜨락〉은 가슴 깊은 계곡에서 울려오는 하느님의 사랑 아가페의 메아리이었다. 시인도 어머니 생각에 밤잠을 설쳤을 것이고, 긴긴밤 잠에서 깨어나 어머니에 대한 생각은 흐르는 강물이고 그의 몸은 그 생각 위에 하나의 조각배로 떠 있었을 것이다. 그 강물 위에 펼쳐진 애잔한 그리움의 시로 조용히 클로즈업되고 있는 것이다. 배어 있는 질박한 효심을 들여다볼 수 있는 한 편의 거울이었다. 그의 시에는 아버지에 대한 그리움도 흠뻑 젖어 있었다.

이 세상 등진 아버지는 다시 찾아오지 않는다. 본래의 참 모습을 빼앗기고 희생의 굴곡으로 망가진 육신을 하나의 미라로 회상하는 시인의 현재이다. 그러나 대체로 말이 없는 모든 아버지의 사랑은 무관심과 망각의 그늘 속에 잠들기 쉬운 것 같다. 시인의 아버지 또한 묵묵히 가족을 위해 가난의 극치 그 깊고 험난한 골짝을 걸으면서 뼈 문드러지고 살 메말라 갔던 것이다. 아버지라는 존재, 겉으로 보기엔 침묵으로 잠잠해 보이나 침묵의 바다 표면 깊숙이 바다의 자식 사랑의 거대한 물살이 흐르고 있었다. 이 세상 아들들과 그리고 딸들에게 보내는 메시지이다. 무표정한 이 아버지의 바다 깊숙이 거대한 사랑이 흐르고 있었다.

문명의 삭막함과 혼돈의 소용돌이 속에 지친 도시인들은 어릴 때 자라난 산천초목 초록과 푸르름이 풍성한 고향을 그리워함을 그의 시들은 그려 내고 있다. 가슴속에 사무친 고향 그곳은 바로 어머니이며 마음의 때 묻지 않은 추억이 시인의 가슴 한복판에 똬리를 틀고 있다. 그 에덴동산 같은 고향땅은 가난이라는 상처의 영혼 한 부분이 부어올라 있었지만 그 아픔을 뒤로하고 사랑과 진솔의 꽃이 어우러진 낙원만이 꿈속에 넓게 펼쳐져 있을 뿐이다.

꾀부리지 않는 언어의 달콤한 향기를 발하며 시의 꽃을 피우고 있는 시인의 시 영토의 한쪽 변방이다. 행복한 인생은 삶의 부정적 요소들을 조용히 삭이어 기쁨과 만족과 가치 창조의 씨앗을 영글게 하는 수행 과정이라는 놀라운 변전을 일으키고 있는 것이다. 삶의 길을 걸어가는 길목에서 생각한다. 그렇다. 행복은 일상의 부정不正을 말없이 삭이어 긍정의 생명을 이어 주기 위해 여물게 영그는 씨앗 형성의 수행이고, 진실한 사랑은 누구에게나 따뜻한 온기를 안겨 주며 피어나는 송이 꽃이다. 행복이 다시 태어나고 진실한 사랑이 눈을 뜨는 길목이다.

풀리지 않는 가난을 등지고 잠시 고향을 떠나갔던 시인에게 고향은 소멸되지 않고 마음 바다의 수평선 위에 내 아련한 옛 추억 다시 비추는 태양처럼 늘 떠오르고 있었다. 시인은 또 다른 한 마리의 새가 되어 자연의 표본 같은 야생의 숲속 공주시 유구읍 구계리 산골로 되돌아온 지도 오랜 세월이 흘렀다. 그곳에 실존적 삶의 행태, 처절하면서도 무쇠 같은 의지로 가난을 이겨 내면서 아픈 짐을 지고 살았던, 어머니 아버지 인고의 자식 사랑과 사랑의 침묵 앞에 엎드려 절하며 눈물을 흘렸다. 필자는 이제 들판에 거짓 없는 꽃처럼 피어 있는, 순수의 미학을 가꾸어 놓은 시인의 시들을 쓰다듬으면서 앞서 언급한 말을 되풀이 한다. "그의 초등학교 졸업이라는 외로운 경력을 사랑하며, 전 인류의 스승이자 구원자이시며 하느님이신 예수님이 초등학교도 나오지 않았다는 기념비 같은 비석 하나를 그의 시의 꽃밭 앞에 세워 놓는다."

# 앙증스런 재떨이

오래전에 중고차를 타고 장유에서 창원으로 출퇴근하면서 느꼈던 기억이다. 우리의 기초 질서 문화의 빈약함이 마음을 찌르고 있는 실제 사례였다. 아이 어른 할 것 없이 교통 신호를 무시하는 습성은 말할 것도 없고 바로 옆에 횡단보도가 있는데도 생명선을 가로질러 다니는 사람들이 적지 않았다. 어린 아이를 데리고 무단 횡단하는 젊은 어머니를 볼 때마다 자라나는 아이의 사회 교육에 대한 안타까움이 얼룩진 것이다. 안전이 위협받는 아찔한 순간도 여러 번 목격한다. 사회인으로서의 기본 양식을 의심케 하는 모습이 눈에 뜨이기도 했다. 양복 입고 넥타이 멘 운전자가 주행하는 도로에 창문을 열고 느닷없이 가래를 뱉는 행위이다. 여기서 나에게 그의 무심한 비행의 얼룩이 진다. 한 번은 그 가래가 내 차에 날아와 엉겨 붙은 것이다. 그 비행의 얼룩, 긴 세월이 지난 지금도 지워지지 않고 있다. 이것도 부족하다. 다 꺼지지 않은 담배꽁초를 차창 밖으로 내던진다. 길바닥에서 뱀의 혀처럼 화재의 위험성을 날름거리고 있었던 것이다. 물론 이미 오래전의 이야기이다. 세계 7대 경제대국이 되었다는 소식 전해 오는 지금, 우리나라의 상황은 그때와는 많이 달라져 있다는 마음 편한 비교 담론일 것이다. 많은 외국인들이 인천공항에 첫발을 내딛는 순간 그 옛날의 가난하고 불결하고, 배려하는 마음이 무디어 무질서했던 국가 인식을, 불태우는 변화에 경악을 금치 못하는 현실이 된 지금이다.

내 이야기는 따로 있다. 젊은 시절 한국관광공사에 근무할 때이다. 해외 관광객 유치 사업으로 주요 관광분야 외국 인사들을 초청해 한국 관광을 알리는 초청 사업을 활발히 전개하고 있었다. 그중 일본 중, 고등학교 학생 수학여행 유치를 위한 포석으로 일본 교장단 초청 사업을 벌이고 있던 때였다. 내 젊은 시절의 많은 일화들이 남아 있지만 여행 사 가이드를 대동한 인솔자로 나선 나의 뇌리에 아직도 지워지지 않는 인상 하나가 있다. 일본 교장선생님들이 담배를 피울 때 들고 있는 단 추만한 재떨이의 앙증스러움이다. 이 표현에는 일본인의 소형 지향성 의 실용성과 미적 감각이 드러나고 있는 것이기도 하지만 남을 위하는 그들의 잔잔한 마음과 공동체 의식에 대한 나의 감동을 우리 같이 나 누고 싶어서이다. 우리에겐 이런 재떨이의 수요자가 한 사람도 없으니 단 한 개도 만들지 않는 우리를 생각할 때 일본 교장선생님들의 그 모 습이 부러웠던 마음이 이따금 나뭇가지의 잎새처럼 바람에 떨어지기 싫어서 부르르 떨고 있었다.

지인 한 사람의 말이 마음 밭에 다시 돋아난다. 차량 추돌사고가 일 어났을 때, 한국 사람은 차에서 내리자마자 서로 멱살부터 먼저 잡는 반면에 일본 사람은 일단 서로에게 먼저 허리를 굽힌다고 한다. 물론 애교 섞이어 극히 과장되게 꾸며 낸 우스갯소리이지만 이면에 직선과 곡선의 두 장점인 이질성의 국가적 뉘앙스가 스치기도 한다. 일본인,

비록 침략자의 마성으로 역사 인식이 각인되어 있는 우리일지라도 그 배타성에서 벗어나, 지금은 인간적이고 배려하는 마음은 곱게 받아들이고 스스로 더 가꾸려 노력함으로써, 우리 백의민족 고유의 깨끗함과 도덕성이 더 돋보이게 하리라 의심치 않는다. 그렇다. 이처럼 배려하는 마음과 포용성을 넓혀 가면서 우리의 미래에 더 밝고 환한 등불이 켜지기를 바라는 마음이다.

# 아버지의 과거를 읽을 수 있는 등불을 찾았어요

혜준아, 차를 타고 초동면 검암리 집으로 돌아오면서 카 오디오에서 흘러나오는 노래를 듣고 있었다. 가수 싸이가 부르는 〈아버지〉라는 노래였다. 요즈음 젊은이들이 즐겨 부르는 어지름 병 같은 노래가 질색이어서 비슷하게 들려오는 듯하여 이 노래, 금방 싸이클을 돌리려 했으나 운전 중이라 잠시 그대로 두고 억지로 들을 수밖에 없었다. 현기증을 느껴야 하는 그 노래가 〈아버지〉라는 그 노래가 나도 모르게 폐부를 파고들었다. 아버지의 아버지와 그 아버지의 또 아버지, 헤아릴수 없는 그 아버지의 가슴을 파고드는 현실을 뛰어넘어 머나먼 과거로 이어 갔다. 아직도 그 '아버지'라는 울림이 아버지들의 선을 이어 멀리 멀리 끝없이 이어 가고 있다. 프로그램 진행 아나운서가 마지막 한마디 진한 여운을 남긴다. "영혼을 에워 내는 울림" 그 울림의 울림이 사라지지 않는다. '아버지'라는 언어에 굶주린 아버지는 '아버지'라는 말을 한없이 포식하고 싶었다.

싸이가 '아버지'를 포식시켜 주려는 것이었을까. 싸이는 이 세상 아버지를 위한 노래를 포식하고 싶었던 것일까. 아버지는 이 세상에 태어나서 아버지의 얼굴을 한 번도 본 적이 없다. 아버지를 모른다는 말이다. 겨자씨 같은 생명을 조국에 묻어 놓고 그는 일본으로 가 버렸기 때문이다. 그러나 망각 속에 묻어 두었던 내가 그를 망각하고 있지 않는 것을 아버지의 아버지는 모르고 계신다. 혜준아, 이따금 나를 아버지라고 불러 주는 네가 늘 사랑으로 다가왔다. 아버지를 얼마나 알고 있느냐? 아버지의 이 나이에 부끄러울 게 뭐 있겠느냐? 가장 진솔한 아버지의 모습이 곧 가장 숭고한 삶의 한 모습이 아니겠느냐.

싸이처럼 이런 아버지의 노래를 한번 불러 보려무나.

아들은 말합니다. '아버지, 나에겐 아버지의 과거를 밝히는 등불이 없었어요. 그러다가 아버지의 과거를 읽을 수 있는 등불을 찾았어요. 아버지의 침묵해 오시던 할머니 생각과 보이시지 않는 눈물을 훔쳐보았어요. 돌아오지 않는 할아버지를 기다리시다가 땅속의 뼈로 남아 무덤으로 만난 그를 할머니는 미워하지 않았어요. 땅 위에서 땅을 다 빼앗긴 할머니는 야속한 증조할아버지 내외분의 혹독한 구박과 가난에 부산항 부둣가 빈민촌 매촉지로 내몰렸습니다.

아버지, 그곳 매촉지에서 아버지의 초등학교 2학년 전학할 돈마저 그 누가 훔쳐가 아버지의 무학無學학력 탈출의 아슬아슬한 다리를 한동안 끊어 버렸어요. 매촉지는 아마 부둣가 매립지가 아니었나 싶네요. 6.25 동란의 아픔과 슬픔과 가난이 엉겨 붙은 판잣집들의 그곳에 검은 석탄 하역장이 있었던 것 같아요. 생각이 나네요. 독안의 쌀 딸딸 긁어 지은 밥을 비벼 먹었던 유일한 반찬, 그것은 시커먼 왜간장. 그 왜간장 한 병을 어디서 훔쳐 온 고향 친척 한 사람이 할머니의 가난에 기식하고 있었어요. 아버지와 큰아버지 두 분, 고모 그리고 그 친척

청년이 시장바닥에서 고춧가루를 한 움큼씩 팔아 생계를 이어 가는 한 가정의 동그라미를 함께 그려가고 있었어요.

아버지, 울지 마셔요. 어서 돌아와요.'

아버지는 대답합니다. '아니야, 3일을 굶고 뱃가죽과 등이 붙어 있는 아버지를 데리고 허겁지겁 찾아간 아버지의 이모님 댁 부엌, 어린 아버지는 할머니가 얼른 집어 들어 건네주는 그곳의 먹다 남은 누룽지밥 반 그릇을 할머니 생각할 겨를도 없이 혼자 다 먹고 난 후에야 그때서야 할머니는 편안한 마음으로 잠시 쓰러지고 말았어. 그 철부지스런 불쌍한 죄를 어떻게 지울 수가 없다.'고 말없는 말을 아버지는 하고 계시네요. 오, 아버지 어떡해요. 석탄가루 분진들이 지붕 위와 창가에 검은 눈처럼 내리고 있네요. 검은 눈이 더 내리는 새벽녘에 검은 마을 매촉지에서 밀린 월세를 낼 수가 없었던 아버지의 가족은 가난이 죄가 되어 야간도주를 해야 했어요. 알지도 못하고 만날 수 없는 집주인에게 하느님이 되어 용서해 주시기를 바라며 아픈 기도를 드립니다.

# 거미집의 교훈

주마간산이란 자주 쓰는 말이다. 달리는 말이 산을 힐끗 보고 지나쳐 버리듯이 우리는 주변에 있는 자연현상이나 곤충 등 생명체들의 진지한 삶의 모습들을 예사로 보고 지나는 것을 두고 비유로 들 수 있는 예가 될 것이다. 조금만 관심을 가지고 살펴보면 소중한 진리가 숨어 있는 것을 발견하게 된다. 우리 집 마당 앞에 심어져 있는 앵두나무 가지 사이로 추상화 한 편의 그림을 걸어 놓은 듯한 거미집이 시선을 끌고 있다. 주제가 암시되고 있는 미를 장식해 놓은 것이다. 지금까지 거미의 깊은 뜻을 헤아리지 못하고 거저 거미가 쳐 놓은 몇 가닥의 줄로만 의미 없이 지나쳐 버린 것이 거미줄에 대한 생각의 전부였다. 오후 무렵 한가한 시간, 눈앞에 선명하게 와닿는 이 거미집은 삶의 가르침이요 고고한 예술 작품의 향기를 퍼뜨리고 있다.

직선과 꺾임의 조화가 생명을 이어 가게 해 준다는 주제를 암시하고 있다. 우리가 인생을 살아가는 데는 올곧은 가치관이 있어야 하고, 이리저리 끌려다니며 휘둘리며 줏대 없는 종노릇은 인간으로서의 존재가치를 저버리게 된다는 것이다. 직선으로 나아가는 바른 삶과 비뚤어지지 않는 정직성을 동시에 말해 주고 있다. 그러나 거미는 말한다. 자기중심적인 일방적 주관만 고집해서는 안 된다는 단서를 덧붙인다. 꺾임이다. 때로는 꺾임이 있어야 직선의 가치가 완성된다는 거미의 생각은 거미줄의 직선들을 곳곳에 꺾어 놓았다. 직선과 그 꺾임이 조화를 이루어 원형을 닮은 형상의 작품을 일구어 놓은 것이다. 주체성 있는 그리고 유연성 있는 삶의 은유이다. 거미는 또한 작품의 신선도를 높일 요량으로 사람들이 보지 않는 시간을 잡아 몰래 작업하는 의도도 놀랍다. 새로움이 가치를 돋보이게 하기 때문이다.

앵두나무의 시선이 닿는 산들을 잠시 바라본다. 내가 사는 이 시골은 사방으로 병풍을 친 듯 산들이 둘러싸고 있다. 산들이 이어져 가는 모습은 굴곡의 연속이다. 이 산들은 직선을, 함부로 꺾임도 허락하지 않는다. 곡선의 묘미다. 이 곡선의 여유가 아름다움을 창출한다. 나는 가끔 유구읍으로 나가는 구계리 고갯길에 올라 저 멀리 완만한 굴곡으로 이어지는 겹겹의 산들의 유연한 곡선 그 풍경을 바라보고 있노라면 영혼이 녹아내리는 황홀경에 빠지기도 한다. 그러나 거미는 커다란 산들이 이루는 곡선의 여유와는 다소 대조적이다. 짧은 직선과 꺾임의 조화 그 아름다움을 택하여 인간에게 큰 교훈과 묘한 예술을 은유적으로 전달하고 있는 것이다. 이상향의 교훈을 던져 주고 있을 뿐만 아니라 동시에 자신의 생명이 살아 숨 쉬게 하는 먹이 터로 삼고 있다. 거미의 지혜가 삶의 빛과 즐거움을 던지고 있는 시간이다. 거미의 멋있는 삶과 행복을 음미하고 있다. 우리를 에워싸고 있는 자연이 우리가 따라야 할 삶의 스승이듯이 주변의 많은 곤충들과 하등 동물들 또한 인간에게 순리와 깊이 있는 가르침을 던지고 있는 하나의 예에 불과할 것이다. 거저 스쳐 가는 눈길을 잠시 멈추어 관심의 폭을 넓히면 묘한 진리가 숨어 있음을 발견할 수 있다는 것을 이 거미집이 말해 주고 있었다. 거미집의 숨어 있는 교훈이다.

우리는 학교 선생님에게서, 교회 목사님이나 신부님에게서, 부모님이나 이웃 어른들로부터 많은 가르침을 전달받는다. 언어의 매개체를 통해서이다. 이 언어의 매개체는 전달자의 오류나 듣는 자의 오해의 여지가 있는 것이다. 그러나 자연이나 그 자연과 더불어 사는 인간이 아닌 생명체들의 의미 전달은 있는 그대로이며 침묵 속의 암시이다. "침묵은 금이다."라는 이 말이 고요 속에 인각되고 있다.

# 집으로

ⓒ 이부용, 2024

초판 1쇄 발행 2024년 6월 17일

지은이      이부용
펴낸이      이기봉
편집        좋은땅 편집팀
펴낸곳      도서출판 좋은땅
주소        서울특별시 마포구 양화로12길 26 지월드빌딩 (서교동 395-7)
전화        02)374-8616~7
팩스        02)374-8614
이메일      gworldbook@naver.com
홈페이지    www.g-world.co.kr

ISBN    979-11-388-3249-6 (03810)